VICTOR HUGO

LES GRANDS ÉCRIVAINS FRANCAIS

EN VENTE :

VICTOR COUSIN, par M. *Jules Simon*, de l'Académie française.

MADAME DE SÉVIGNÉ, par M. *Gaston Boissier*, de l'Académie française.

MONTESQUIEU, par M. *Albert Sorel*, de l'Institut.

GEORGE SAND, par M. *E. Caro*, de l'Académie française.

TURGOT, par M. *Léon Say*, député, de l'Académie française.

THIERS, par M. *P. de Rémusat*, sénateur, de l'Institut.

D'ALEMBERT, par M. *Joseph Bertrand*, de l'Académie française, secrétaire perpétuel de l'Académie des sciences.

VAUVENARGUES, par M. *Maurice Paléologue*.

MADAME DE STAEL, par M. *Albert Sorel*, de l'Institut.

THÉOPHILE GAUTIER, par M. *Maxime Du Camp*, de l'Académie française.

BERNARDIN DE SAINT-PIERRE, par M. *Arvède Barine*.

MADAME DE LA FAYETTE, par le comte *d'Haussonville*, de l'Académie française.

MIRABEAU, par M. *Edmond Rousse*, de l'Académie française.

RUTEBEUF, par M. *Clédat*, professeur de Faculté.

STENDHAL, par M. *Édouard Rod*.

ALFRED DE VIGNY, par M. *Maurice Paléologue*.

BOILEAU, par M. *G. Lanson*.

CHATEAUBRIAND, par M. *de Lescure*.

FÉNELON, par M. *Paul Janet*, de l'Institut.

SAINT-SIMON, par M. *Gaston Boissier*, de l'Académie française.

RABELAIS, par M. *René Millet*.

J.-J. ROUSSEAU, par M. *Arthur Chuquet*.

LESAGE, par M. *Eugène Lintilhac*.

DESCARTES, par M. *Alfred Fouillée*.

ALFRED DE MUSSET, par M. *Arvède Barine*.

Chaque volume, avec un portrait en héliogravure. . . 2 fr.

Coulommiers. — Imp. PAUL BRODARD.

VICTOR HUGO

PAR ACHILLE DEVERIA, 1829

LES GRANDS ÉCRIVAINS FRANÇAIS

VICTOR HUGO

PAR

LÉOPOLD MABILLEAU

PARIS

LIBRAIRIE HACHETTE ET Cie

79, BOULEVARD SAINT-GERMAIN, 79

—

1893

VICTOR HUGO

PREMIÈRE PARTIE

LA VIE ET L'ŒUVRE DE VICTOR HUGO

CHAPITRE I

PREMIÈRES ANNÉES

La vie de V. Hugo ne saurait être étudiée indépendamment de son œuvre; non pas que cette vie explique cette œuvre — comme cela se pourrait dire de Chateaubriand ou de Lamartine, — mais, au contraire, parce qu'en lui c'est l'écrivain qui détermine l'homme, c'est le tour de l'esprit qui donne un sens à la personnalité, de sorte que ce qui reste en dehors du travail d'art peut être négligé sans dommage. Il entre dans l'histoire par ses livres, non par ses actes, qui perdent leur valeur dès qu'on les sépare de l'expression idéale où il les a enveloppés. Lui-même en avait le sentiment confus : il n'aima jamais à raconter sa vie, et affecta toujours d'ignorer les récits qu'on en pouvait donner, même quand les biographes lui tenaient de trop près pour que l'ignorance fût vraisemblable — comme si sa personnalité, absorbée tout entière en son génie, demeurait indifférente aux actions inférieures qu'elle traversait.

Ce scrupule doit être respecté, car il trahit une intuition de conscience profonde et juste. On se bornera donc ici, par dessein réfléchi, à mettre en lumière les faits qui peuvent servir à l'intelligence de l'œuvre écrite. On y joindra l'indication successive des « milieux » par où l'auteur a passé et des influences qu'il en a subies. Rien de plus : la vraie vie d'un poète, c'est sa poésie même.

Les premières années de V. Hugo sont connues de tous. On sait que, né à Besançon le 26 février 1802, d'un père lorrain et d'une mère vendéenne, il suivit ses parents partout où les vicissitudes du métier militaire permirent au chef de la famille, officier de fortune au service de Napoléon, puis de Joseph, d'emmener les siens avec lui. C'est ainsi que la Corse (1802-1805), l'Italie (1807-1808), l'Espagne (1811-1812) étalèrent leurs sites agrestes ou splendides devant ses yeux éblouis.

De ces premiers spectacles, l'enfant n'a pas gardé d'images bien précises, mais plutôt « un vague faisceau de lueurs incertaines », qui va se modifier insensiblement, à mesure qu'il avancera dans la vie, et suivant les influences successives auxquelles il se trouvera obéir. Lui-même, revenant en 1843 aux lieux qu'il avait tant de fois contemplés dans sa pensée, ne reconnaîtra point, en face de la réalité, les tableaux que sa mémoire infidèle lui présente. « Hélas! Irun n'est pas l'Irun qui m'était apparue autrefois.... Irun ressemble aux Batignolles. Et Fontarabie! elle était dans mon esprit comme la silhouette d'un village d'or, au fond d'un golfe bleu, dans un élargissement immense.... Je ne l'ai pas revue telle que je l'avais vue! »

Il reste pourtant une impression d'ensemble, qui, pour toujours, suffit à déterminer son imagination dans le sens des visions colorées et magnifiques. Ce n'est qu'après 1830 qu'il échappera à l'obsession de la lumière éclatante dont son cerveau demeure comme imprégné. Jusque-là d'inconscientes réminiscences perceront au travers même des sensations nouvelles de la vie journalière, et donneront à sa poésie ce caractère ambigu de sincérité et d'artifice qui distingue *les Orientales*.

Il en gardera aussi cette fière allure de la pensée et de l'expression, cette sonorité du verbe, cette emphase du sentiment qui donnent un caractère espagnol à son œuvre, et, par une sorte d'appropriation spontanée, lui font si souvent choisir l'Espagne pour lieu de ses créations imaginaires. Sans doute il y a là une affinité de nature, encore plus qu'une rencontre du hasard, et, comme Corneille, qui n'est point né à Besançon et n'a jamais franchi les Pyrénées, V. Hugo, placé dans des circonstances différentes, eût conservé les principaux traits de

son génie : mais ce passage à travers le drame
héroïque de la guerre défensive, l'empreinte des
spectacles nouveaux et des sons étranges d'une
langue inconnue, ne sont point chose indifférente.
Dans une imagination de cette trempe, les mots ont
une puissance incroyable : il en est, dans l'idiome
grave et rude de l'Espagne, qui évoquent instinctivement, mécaniquement pour ainsi dire, des figures
grandioses, des émotions violentes, de l'éclat, de la
couleur et de la passion. Le poète les a retenus
sans s'en apercevoir, et ils surgiront d'eux-mêmes,
précisant l'image, forçant l'idée, quand il cherchera
à rendre quelque état d'âme analogue : Hernani,
Ruy Blas, Avila, Saltabadil. On peut vraiment dire
que l'esprit de V. Hugo a été naturalisé par les premières impressions qu'il a subies.

Rentré à Paris en 1812, l'enfant se trouve livré à
lui-même : le père est absent, la mère, en proie à
des préoccupations de toutes sortes, ne peut guère
diriger l'esprit qui s'éveille en ses fils. Elle n'a
d'ailleurs ni convictions bien fortes, ni préjugés
bien profonds : elle laisse à la disposition des trois
frères une bibliothèque entière où ils puisent sans
contrôle. Victor se jette dans la lecture avec passion : « Tout est bon à son jeune appétit, vers, mémoires, voyages, romans, sciences »; déjà apparaît
cette curiosité universelle à laquelle il sera redevable
de sa surprenante érudition.

Puis l'heure du travail régulier arrive; il entre à
la pension Cordier, et, après une courte incursion

dans le domaine des mathématiques, il se voue résolument aux lettres. A quatorze ans, il traduit Virgile,
il écrit : « Je veux être Chateaubriand ou rien ». A
quinze ans, il est couronné au concours général et
lauréat du prix de poésie à l'Académie française. Le
voilà hors de page.

A quelles influences littéraires va-t-il se trouver
soumis dès ses premiers pas, dans quelle direction
son talent naissant sera-t-il fatalement entraîné par
l'éducation et les relations, c'est ce que fait assez
comprendre la date de sa sortie du collège, 1817.

On a dit avec raison que l'époque impériale fut
pour la littérature de notre pays un commence-
ment autant qu'une fin, une transition entre ce qui
allait naître et ce qui achevait de mourir; mais considérée du côté de la tradition proprement classique,
ce n'était vraiment qu'une fin. « Je me souviens, dit
Lamartine, qu'à mon entrée dans le monde, il n'y
avait qu'une voix sur l'irrémédiable décadence, sur
la mort accomplie et déjà froide de cette mystérieuse
faculté de l'esprit qu'on appelle la poésie. » Le
même Lamartine, portant à M. Didot ses premiers
vers, s'était vu renvoyer avec ce conseil : « Lisez nos
maîtres, Delille, Parny, Michaud, Raynouard, Luce
de Lancival, Fontanes... ».

C'étaient bien ceux-là que « l'enfant sublime »,
plus jeune de dix ans que son émule, avait d'abord
reçus comme exemples et pris comme modèles.

En 1817, la distribution des prix du concours
général est présidée par M. Royer-Collard assisté

de M. Silvestre de Sacy. A l'Académie française, le
rapporteur des prix est M. Raynouard, l'auteur des
Templiers et des *États de Blois*. Un des juges qui
ont le plus apprécié la pièce couronnée, M. Cam-
penon, salue en Victor Hugo un « successeur de
Malfilâtre »; le doyen de l'Académie, M. François de
Neufchâteau, l'appelle « tendre amant des neuf
sœurs ». Le sujet proposé est un lieu commun de
rhétorique tiré de Cicéron : « Le bonheur que pro-
cure l'étude dans toutes les conditions de la vie ».
Le jeune lauréat l'a naturellement traité suivant la
formule à la mode : ce ne sont que « lauriers épais,
myrtes odorants, sages déités dont il faut parer
les autels loin de l'éclat des cours et du fracas des
villes ». Aux Jeux Floraux de Toulouse — où il va
cueillir les fleurs du gay-sçavoir, — les mêmes con-
ventions règnent, le même goût enfantin et vieillot,
la même galanterie banale et grimaçante, trahissant
l'usure de la langue, l'amoindrissement des génies
et des caractères, le manque de vie et de liberté.

Sans doute la critique désintéressée peut juger
aujourd'hui qu'une pareille discipline appliquée à la
première éducation littéraire ne fut pas absolum nt
inutile aux écrivains qui s'y formèrent : elle s osait une culture attentive de la forme, un souci la
mesure qui était une garantie de l'élégance et de la
dignité de la langue. Mais cette « forme » tant louée
n'était cultivée que pour elle-même, les qualités du
style étaient considérées comme extérieures et, pour
ainsi dire, mécaniques : on plaçait la beauté dans

les mots, les tours et les tropes, sans s'inquiéter
de les accorder avec les pensées et les émotions que
tout cela devait exprimer. L'art était une sorte de
« livrée banale endossée sans effort par le premier
venu », et ne permettait guère d'autre supériorité
que l'adresse de la main. On est frappé de ce qu'il
y a de scolaire et de servile dans les œuvres de ce
temps. Débutants et vétérans, tous ont l'air de
s'acharner à des travaux de collège, de développer
des thèmes imposés selon des règles apprises.

Et ce n'est pas là un jugement de romantique :
M. Auger, le plus conservateur des académiciens,
avoue tout le premier qu'il se sent « effrayé du
nombre de gens qui aujourd'hui savent rimer élé-
gamment des idées rebattues et des images surannées ». A ne considérer que l'art à la mode, Chateaubriand a bien raison de dire : « Tous les vers
sont faits » ; il n'en reste plus à faire — si ce n'est
par une inspiration nouvelle.

Victor Hugo lui-même a retracé avec une verve
joyeuse l'image de cette époque où

> La langue était en ordre, auguste, épousseetée,
> Fleur de lys d'or, Tristan et Boileau, plafond bleu,
> Et s quarante fauteuils et le trône au milieu;

où le nez s'appelait « narine », la poire « long fruit
d'or », où le bras était « d'albâtre ou de neige ou
d'ivoire », mais jamais « blanc tout simplement ».
Et vraiment il n'est besoin que de lire ses premières
œuvres pour comprendre « à quel degré d'insigni-

fiance et de pâleur » en était venue notre littérature au début de la seconde Restauration.

Le tableau n'est pourtant pas complet : nous oublions le héros qui dominait alors les lettres françaises et de qui toute la génération née aux approches de ce siècle se proclamait l'admiratrice enthousiaste. Ce n'est certes pas dans la lecture de Chateaubriand que le jeune poète avait puisé la tradition d'un tel style et d'une telle poésie. Si le peintre d'*Atala* et de l'*Itinéraire* peut passer pour un novateur et un créateur, si l'on a raison de dire qu'il a tout ensemble préparé et ouvert le XIXe siècle, c'est tout au contraire parce qu'il a ravivé les couleurs de la langue littéraire que le XVIIIe siècle laissait usées et fanées jusqu'à la trame, c'est parce que ce « merveilleux sauvage » a trouvé le moyen de faire jaillir d'un sol aride des sources inconnues, parce qu'il a légué à nos yeux fatigués « quelques visions éternellement fraîches [1] ».

On sait comment le principe de Buffon, « qu'il faut des termes généraux pour donner de la noblesse au style », avait été pris à la lettre, avec le commentaire de Marmontel recommandant de « voiler les objets aux yeux de l'esprit par une expression vague et légère ». A tous les poètes d'alors on peut faire le reproche que ce même Joubert fait à Delille, de « ne laisser dans la langue aucun sillon, aucune empreinte profonde et distincte ». Le propre de Chateaubriand,

1. Cette expression, d'une justesse charmante, est empruntée à M. Anatole France.

c'est précisément que tout objet devient concret, sensible et vivant dès qu'il l'exprime. Il n'y a de foncièrement personnel en lui que son style, régénéré par l'appel à l'impression directe, ingénue, qui, de la description, procédé littéraire usé, fait une sorte de document psychologique toujours nouveau, où le caractère de l'écrivain se révèle dans toute sa saveur originale.

Comment se fait-il donc que « l'enfant sublime », à peine éveillé à la poésie, ne se soit pas jeté sur les traces du grand artiste en qui il voyait réalisé son suprême idéal?

Il n'y a point là de difficulté véritable.

D'abord, à y regarder de près, l'influence de Chateaubriand sur le jeune poète est positive et certaine; seulement elle se produit sous une forme déconcertante et dans un sens imprévu. « Il y a, dit René lui-même, certains styles qui sont en quelque sorte contagieux, et teignent les esprits de leurs couleurs. » Rien de mieux, et son style est vraiment de ceux-là; mais il reste à savoir par où se fera la contagion, ce qui se transmettra d'un auteur à l'autre. Ce serait chimère d'espérer que l'écolier saisira d'emblée la profonde signification et la portée finale d'une réforme pareille à celle dont Chateaubriand avait pris l'initiative : comment devinerait-il que ce qui fait le prix du modèle, c'est le trait qui ne peut s'imiter?

Ici, ce qui frappe le jeune lauréat, ce qu'il cherche avant tout à s'approprier, c'est le décor extérieur d'une imagination triomphale; et, dans ce décor, c'est l'appareil mécanique qui soutient et meut les images évoquées, plutôt que les images mêmes, marquées de la griffe du Maître, et qui ne se laissent point dérober. Il y a toute une rhétorique en acte dans l'œuvre multiple qui va des *Natchez* au *Dernier des Abencerrages* : comment l'élève, à peine émancipé, de Le Batteux et de La Harpe, n'eût-il pas cru y découvrir, dans les procédés qu'elle mettait en œuvre, le secret de la beauté souveraine?

En 1818, V. Hugo lisait et absorbait pêle-mêle tout ce qui portait le nom de son idole, mais où était le vrai Chateaubriand? dans les évocations ampoulées du *Génie du Christianisme*, ou dans les descriptions précises et pleines de l'*Itinéraire*?

René seul eût pu le dire, ou le laisser deviner. Malheureusement le dieu n'était rien moins qu'accessible, même à ceux qui lui apportaient de l'encens. Le « Moi » impérieux qui commandait tous ses actes ne savait ni se communiquer ni se familiariser. Cependant le jeune homme qui l'avait célébré dans une ode où il le comparait à Homère, « géant devant un peuple nain », désira le connaître. Conduit par M. Agier, il se présenta un soir à lui, aussi ému que Th. Gautier le fut dix ans plus tard, lorsqu'il aborda l'auteur d'*Hernani*. L'accueil ne fut pas cordial : « M. de Chateaubriand affectait l'allure militaire; son cou était roidi par une cravate noire qui dissimulait le col de la chemise; une redingote noire, boutonnée jusqu'en haut, redressait son petit corps

voûté. Ce qu'il avait de beau, c'était la tête, en disproportion avec la taille, mais noble et grave. Le
nez était d'une ligne ferme et impérieuse, l'œil fier,
le sourire charmant, mais ce n'était qu'un éclair, et
la bouche reprenait vite l'expression sévère et hautaine.... « Monsieur Hugo, dit-il, je suis enchanté
« de vous voir,... il y a dans vos derniers vers des
« passages que j'aime moins, mais ce qui est beau est
« très beau. » L'éloge n'était pas ménagé, pourtant il
y avait dans l'attitude, dans l'inflexion de voix, dans
cette façon de distribuer des places, quelque chose
de si souverain que Victor se sentit plutôt diminué
qu'exalté. Il balbutia une réponse embarrassée et
eut envie de partir [1]. »

Il le revit d'autres fois, mais sans parvenir à lui
inspirer aucun intérêt. L'opinion du Maître était
évidemment qu'il suffisait lui-même à son œuvre
comme à sa gloire, et que les autres, en prétendant
s'y mêler, ne pouvaient qu'en gâter l'éclat. Et il faut
bien avouer que V. Hugo commença par donner raison à ces défiances en ne sachant d'abord trouver
dans Chateaubriand qu'un rhéteur plus ample et plus
véhément, dont l'imitation venait s'ajouter pour lui
à toutes les autres.

Une pareille éducation devait conduire le jeune
poète à la recherche de sujets artificiels où pût se
développer tout l'appareil des formules apprises.
Ainsi s'expliquent les descriptions de pure fantaisie

_____

1. *Victor Hugo raconté par un témoin de sa vie*, t. II, p. 101.

comme *Moïse sur le Nil*, les *Derniers Bardes*, la *Fille d'Otaïti*, et aussi les compositions semi-officielles, les cantates qu'on dirait faites sur commande pour célébrer un événement contemporain : le *Rétablissement de la statue d'Henri IV*, la *Mort du duc d'Enghien*, la *Naissance du duc de Bordeaux*....

C'est là tout ce que trouve à chanter ce jeune homme né en 1802, promené dans toute l'Europe à la suite des aigles triomphantes, ce fils de soldat mêlé à l'épopée impériale, dont l'adolescence s'est épanouie durant les années tragiques où se pressent Leipzig, la campagne de France, le retour de l'île d'Elbe, Waterloo et l'invasion ! Rien ne montre mieux que la poésie n'est encore pour lui qu'un exercice extérieur, un travail d'habileté superficielle dénué de sens intime et profond.

Les trois années qui suivent ses premiers succès à l'Académie ne sont pourtant pas stériles : Victor Hugo les emploie à acquérir, par un travail incessant, non seulement des connaissances générales sur toutes les littératures, mais encore la souplesse et l'aisance de l'expression, en prose aussi bien qu'en vers. Il fonde, avec ses frères, *le Conservateur littéraire* où il accumule, pendant un an, des preuves de savoir et d'esprit, dans une critique hebdomadaire du théâtre et des livres. Après la chute de cette petite feuille, il entre à la Société des *Bonnes Lettres* où il se lie avec Ch. Nodier et engage de précieuses relations avec tout ce que Paris compte alors d'hommes de talent et de goût.

D'autre part, une transformation intérieure s'ébauche en lui sous l'influence d'un sentiment ardent et sincère qui tend à dominer de plus en plus sa vie. Son amour pour Mlle Adèle Foucher, fille d'un ami de sa famille et qu'il connaissait dès l'enfance, ses luttes pour l'obtenir, son mariage enfin, peu de temps après le profond chagrin que venait de lui causer la mort de sa mère, tout cela le touche plus fortement que n'auraient fait les leçons et les exemples, et l'écrivain se ressent des émotions de l'homme : il commence à comprendre que l'art réside plutôt dans la traduction sincère d'une impression personnelle, que dans les jeux d'une virtuosité indifférente.

Il faut noter cette première invasion de la passion dans la vie de Hugo : nous ne retrouverons plus pareil exemple durant les soixante ans qui lui restent à vivre. Non pas qu'il soit resté insensible aux charmes de la femme : plusieurs liaisons célèbres et même quelques scandales démontrent le contraire. Mais l'amour proprement dit, l'amour-sentiment, celui qui inspire le poète et le pousse à chanter son bonheur ou ses souffrances, qui est la source même de la poésie pour un Lamartine ou un Musset, celui-là n'a tenu que peu de place dans le cœur de V. Hugo, et ses vers n'en ont gardé qu'un faible écho. Le plus souvent les sentiments de cet ordre qu'il exprime sont de pure invention ou plutôt de pure mode. Après Chateaubriand, la passion et le désespoir étaient la marque obligée d'une grande âme : de là les désespoirs romantiques d'un Her-

nani, d'un Didier, d'un Ruy Blas où le poète n'a
mis aucune parcelle de son cœur. Quand il parle
pour son propre compte (et le cas n'est pas fré-
quent, à peine quelques pièces dans les recueils de
sa maturité, *Feuilles d'automne*, *Voix intérieures*,
Rayons et Ombres), on ne trouve dans son accent
ni la tendresse vraie, ni l'entraînement éperdu que
montrent tant d'autres écrivains de son temps. Ce
sont pour la plupart de simples « romances », des
« guitares », où domine le souci du pittoresque et
où la fantaisie subit les lois de la composition littéraire, même dans les plus abandonnées.

Voyez ces accumulations : « Puisqu'ici-bas tout
âme.... Puisque l'arbre à la terre,... puisque l'onde
à la rive », etc.

Autre formule : « S'il est un charmant gazon...,
s'il est un cœur bien aimant..., s'il est un rêve
d'amour... ».

Et dix autres encore : « Chantez, ma belle....
Riez, ma belle.... Dormez, ma belle.... — Ramez,
dormez, aimez, disaient-elles. »

C'est toujours « un peu de musique », comme
dans Eviradnus. Et là encore, cette « chanson de
Zéno », si poétique, si ailée, si charmante, est-elle
assez étrangère à l'amour? Tout y passe, les chênes,
les hiboux, les papillons, les nymphes, Léandre
avec Héro,... tout excepté le profil de la bien-aimée
noyé dans ce flot d'apparitions décoratives.

Les grandes pièces même, consacrées en apparence à chanter les plus pures émotions de l'âme

éprise, comme la *Tristesse d'Olympio*, le *Passé*, et
en général tout le livre des *Contemplations* intitulé
« l'âme en fleur », ne renferment guère que de
magnifiques développements sur un lieu commun,
d'admirables peintures du cadre de l'amour.

Tantôt c'est un vieux parc où le poète, attentif à
évoquer le souvenir des seigneurs et des grandes
dames disparues, oublie Celle qu'il vient d'y entraîner à son bras; tantôt c'est le ciel étoilé qu'il contemple avec elle, et où se perd sa pensée distraite.
Le même spectacle éveille dans l'âme de Lamartine un cri d'ardente passion humaine :

> Aimons donc, aimons donc! de l'heure fugitive
> Hâtons-nous, jouissons!

Chez Hugo, c'est un cortège d'images qui surgit et
se déploie.... Pas un mot pour Elle, qui soupire vai-
nement près du rhéteur extasié!

Faut-il en conclure que « Hugo n'avait pas de
cœur »? J'aime mieux chercher la raison de cette
particularité dans le caractère propre de son génie,
qui suffit peut-être à l'expliquer. La pensée de
V. Hugo est toute *imagination*, au sens figuré et
plastique du mot. Chez lui, les états de conscience,
à peine formés, s'extériorisent, se symbolisent et se
composent, par une sorte de mécanisme cérébral.
L'émotion naissante soulève un monde de formes,
de couleurs et de sons qui étouffent l'accent intime.
Le sentiment s'achève en métaphore, et suit, pour
s'exprimer, les lois de l'association des idées.

Comme l'isolement du Moïse de Vigny est la rançon de sa grandeur, l'impuissance qui nous choque est ici la condition de la toute-puissance qui nous ravit.

Mais, pour cette première et unique fois, le prodigieux appareil n'étant pas encore activé et réglé, nous pouvons surprendre sur le vif les rêveries ingénues du jeune fiancé.

Il n'en faut pas moins reconnaître d'ailleurs que, malgré l'accent de sincérité émue qui distingue certaines pièces de cette époque (*Raymond d'Ascoli*, le *Regret*, le *Vallon de Chérizy*, *A toi*), le premier recueil des *Odes*, qui parut en juillet 1822, garde un caractère très apparent de rhétorique et de convention.

On en jugera mieux par comparaison, si l'on se rappelle simplement trois dates : c'est en 1819 que paraissent les poésies d'André Chénier, en 1820 les *Méditations* de Lamartine, en 1822 les poésies d'Alfred de Vigny. Il est trop clair que les Odes n'ont ni la valeur esthétique, ni la portée intellectuelle, ni l'intérêt moral de pareilles œuvres et ressemblent plutôt aux exercices élégants d'un écolier correct et bien doué. Aussi n'est-ce pas sans surprise qu'on lit dans la Préface où l'auteur entend exposer sa doctrine, que pour lui « la poésie n'est pas dans la forme des idées, qu'elle est dans les idées elles-mêmes ». N'y a-t-il pas là une piquante contradiction entre l'œuvre et l'intention d'où elle paraît sortie?

Tout s'explique si l'on entend ici par « forme »

l'élément concret et sensible de l'expression, la
trace des sensations et des images originales qui
subsiste dans le mot, l'empreinte que la pensée
garde de son origine physique, et d'où lui vient
le pouvoir d'évoquer à son gré le monde matériel
qu'elle a traversé. C'est là en effet ce qui manque
complètement à la poésie de V. Hugo, au moment
où il écrit cette préface. Nous sourions aujourd'hui
en songeant quelle importance « cette forme », alors
dédaignée, va bientôt prendre dans l'œuvre du poète,
mais nous comprenons sans peine qu'il la considère
encore comme indifférente : les mots et les images
qu'ils résument ne lui rappellent aucun événement
intérieur, aucune émotion entrée par les yeux et
répandue ensuite dans l'âme tout entière. La logique
donne raison à sa théorie : il y aurait contradiction
à ce qu'un écrivain exprimât personnellement ce
qu'il n'aurait pas personnellement senti.

De là sa préférence pour les « idées », c'est-à-dire
pour les conceptions abstraites où il ne sait pas dis-
cerner la part de la réminiscence et de l'imitation,
et qui sont, au fond, sans qu'il s'en doute, ce qu'il y
a de plus « formel », de plus superficiel en lui.

CHAPITRE II

LA JEUNESSE

Cependant, en dépit des théories dont s'abuse sa naïveté d'écolier, V. Hugo est trop vraiment poète pour se contenter longtemps des formules toutes faites que l'éducation littéraire prête indifféremment, comme une monnaie courante, à tous les écrivains dociles du même temps. D'ailleurs l'ébranlement d'âme qu'il vient de subir, le retour que ses chagrins et son amour l'ont amené à faire sur sa vie intime, la révélation de lui-même à lui-même qui en a été la conséquence, manifestent bientôt l'étrange influence que le poète en a ressentie.

Au fond de sa conscience où, dégoûté des livres, il cherche maintenant à saisir le secret de sa nature et de sa destinée, il retrouve la trace des années, si pleines, de son enfance, l'image à demi effacée des pays parcourus pendant ces voyages ensoleillés. Alors, à son insu, et grâce à cette mystérieuse unité

du fond et de la forme, qu'il voulait méconnaître et
qui est l'essence même de toute poésie sincère, son
style prend soudain un tour personnel. Chateaubriand l'a dit : « La meilleure partie du génie se
compose de souvenirs. Les plus belles choses qu'un
auteur puisse mettre dans un livre, sont les sentiments qui lui viennent par réminiscence des premiers jours de sa jeunesse. » V. Hugo est encore
incapable d'interpréter le spectacle du monde avec
l'indépendance que donne l'observation originale ;
mais il a gardé, dans son cerveau, la trace profonde
des images dont ses yeux se sont jadis instinctivement emplis et demeurent depuis lors imprégnés.

Et voici qu'il les rappelle à la vie ; c'est d'abord

> le hussard rapide
> Parant de gerbes d'or sa poitrine intrépide,
> Et le panache blanc des agiles lanciers,
> Et les dragons mêlant sur leur casque gépide
> Le poil taché du tigre au crin noir des coursiers ;

puis le ciel d'Italie, l'arc-en-ciel « qu'un or fluide
arrose », descendant sur l'Adriatique, comme « un
pont de nacre » ; enfin « les couvents et les bastilles »
d'Espagne, les « sombres tours de Vittoria », le
soleil de feu où Burgos

> Dresse sa cathédrale aux gothiques aiguilles....

Tout cela n'est que reflet, mais suffit pour donner
la vie à des figures qui ne sont déjà plus de simples
tropes de rhétorique, puisqu'on y sent vibrer un
reste d'impression ingénue.

Ces *Souvenirs d'enfance*, qui revêtent une forme

si différente des précédentes compositions, marquent une date importante dans l'histoire de V. Hugo. D'abord ils forment une transition pleine d'intérêt entre le lieu commun littéraire et l'expression directe de la nature; ensuite, par la spontanéité même de leurs témoignages, se révèle au jeune homme le moyen — en vain demandé à l'étude même de Chateaubriand — de rendre vivantes et personnelles les conceptions que l'art met en œuvre : et c'est de ne jamais isoler l'« idée » des conditions physiques dans lesquelles elle s'est produite, de lui laisser la « forme » qu'elle tient d'une sensation particulière, et qui seule peut communiquer une valeur expressive aux mots chargés de la représenter.

Aussi, à partir de cette année 1823, un profond changement s'opère-t-il dans les procédés descriptifs du poète : au lieu des épithètes de nature et des adjectifs de convention dont il se contentait naguère, il cherche maintenant à évoquer les impressions visuelles que ses courses à travers le monde ont gravées dans son cerveau tout neuf, et il en distribue les couleurs ravivées sur les divers objets de sa fantaisie, d'après des analogies réelles ou supposées — comme l'artiste prend sur sa palette la touche de peinture qui donnera à la toile l'apparence de l'image enfouie dans son souvenir.

Ainsi s'expliquent ces tableaux éclatants qui devancent et annoncent les *Orientales* :

Médine aux mille tours, d'aiguilles hérissée,
Avec ses flèches d'or, ses kiosques brillants...

> Où sous de verts figuiers, sous d'épais sycomores,
> Luit le dôme d'étain du minaret des Maures....

Écartez ce nom de « Médine » qui est de pure fantaisie, et ne regardez qu'à l'image, qui est saisissante et fidèle : c'est une simple réminiscence — Grenade ou Séville aperçue durant les jours d'enfance, et dont la vision ressuscitée se projette sur telle ou telle région du rêve.

Certes ce changement de méthode, si fécond qu'il doive être, n'a pas pour résultat immédiat d'exclure à jamais des vers de Hugo la phraséologie littéraire qui jusqu'alors masquait chez lui l'absence d'impressions directes. Dans les œuvres antérieures à 1830, l'esquisse *pittoresque* tient le plus souvent la place de l'expression juste, c'est-à-dire que le poète invente et groupe les traits physiques de ses tableaux en vue de produire un effet esthétique ou moral tout à fait indépendant de la nature propre de l'objet qu'il décrit. En 1823, par exemple, au souvenir de la Bible où sa grand'mère le faisait lire, il revoyait simplement

> Les images des saints, protecteurs des hameaux.

En 1824, il corrige cette réminiscence trop uniment sincère, et la complique de détails destinés à en relever la platitude :

> Le ciel d'or, les saints bleus, les saintes à genoux,

ce qui tendrait à faire croire qu'il avait appris à lire dans un missel enluminé du moyen âge.

Souvent aussi, par une habitude de rhétorique
dont il aura de la peine à se défaire, il associe les
couleurs et les formes d'après les exigences de la
composition, la loi d'harmonie et de contraste, au
lieu de s'en tenir aux indications fournies par l'impression réelle. Jusque dans les *Orientales* nous
trouverons des « vierges au sein d'ébène » faisant
jaillir « le lait blanc sous leurs doigts noirs », un
monarque assyrien penchant « sa tunique blanche
sur le soufre bleu », le Nil « tacheté d'îles » s'allon-
geant « comme une peau de tigre au couchant »....

Mais il serait injuste de méconnaître que ce procédé même marque un progrès et en annonce un
autre, d'une portée plus haute : la vision pittoresque
prépare la vision vraie; peu à peu l'imagination du
poète pénétrera la nature à la surface de laquelle
elle se jouait d'abord. Aux vagues matériaux fournis
par le souvenir et par le rêve, se substitueront des
sensations directes et précises. Chaque mot de cette
langue étincelante et sonore contient déjà comme
une vibration qu'il reste à rectifier et à mettre au
point. Ce sera l'œuvre de l'observation, dont le
souci ne va pas tarder à apparaître dans le cerveau
surchauffé où tant d'images bourdonnent.

Le livre qui peut servir de type à la composition
« pittoresque », telle que nous avons essayé de
la définir, parut au mois de mai de cette même
année 1823. « *Han d'Islande*, a dit l'auteur, revenant longtemps après sur ce souvenir, était un
drame dont les scènes étaient des tableaux, dans

lesquels la description suppléait aux décorations et
aux costumes. » Il ne voit nulle difficulté à avouer
que « c'étaient les compositions de Walter Scott qui
lui en avaient inspiré l'idée », et il a bien raison,
car l'originalité particulière qui fait le prix du livre
n'a rien de commun avec cette *idée*-là : elle réside
tout entière dans le style plein de couleur et de
relief, où se décalquent, pour ainsi dire, les figures
terribles ou grimaçantes que met en jeu la fable.
Han d'Islande ne doit assurément rien à l'observation, mais la vivacité et le mouvement des images
que l'hallucination littéraire y fait éclore, leur prête
une vie factice dont l'impression ne se dissipe même
pas devant la folle invraisemblance du récit.

L'œuvre fut contestée, parodiée, ridiculisée, mais
la réputation du poète n'en souffrit point : la pension
que le roi lui avait accordée, en 1822, fut portée de
1000 à 2000 francs. Des amis de plus en plus nombreux commencèrent à se grouper autour de lui, formant déjà une sorte d'école où Victor Hugo, le plus
jeune d'entre eux, prenait insensiblement le rang de
maître. C'étaient, pour la plupart, des rédacteurs de
la *Muse française*, venus de tous les points de l'horizon intellectuel, et pourtant réunis par le sentiment confus que quelque grande rénovation de la
poésie et de l'art se préparait, dont ils devaient être
les héros, les instruments ou les témoins. A côté
d'hommes déjà mûrs, tenant par leur position ou
leurs relations à la littérature officielle, tels que
Charles Nodier et Alexandre Soumet, se pressait une

élite de jeunes gens ardents et romanesques, Gaspard
de Pons, Jules Lefèvre, Adolphe de Saint-Valry,
Ulric Guttinguer, Émile Deschamps. Deux poètes
déjà célèbres, Alphonse de Lamartine et Alfred de
Vigny, se rattachaient au groupe, mais ne s'y mêlaient point tout à fait. On se réunissait chez Nodier,
d'abord dans son petit appartement de la rue de
Provence, où *Trilby* lui avait chuchoté ses plus jolis
contes, puis à l'Arsenal, dont il venait d'être fait
bibliothécaire.

Dans le livre si curieux mais si partial qu'il a
consacré à la jeunesse de Victor Hugo, M. Biré a
tracé une charmante esquisse de ce premier cénacle,
où le mot d'ordre n'était pas encore à la guerre, et
où l'on se bornait, d'après Sainte-Beuve, à célébrer
« la chevalerie dorée, le joli moyen âge des châte-
laines, des pages et des marraines, le christianisme
de chapelle et d'ermites qui faisait fureur avec les
innombrables mélancolies personnelles ».

De cette époque datent les poésies qui marquent
le plus heureusement la première manière du poète :
*le Sylphe, la Fée et la Péri, le Chant de l'arène, le
Chant du cirque* et *le Chant du tournoi*; puis *la
Grand'Mère, Mon enfance, A mon père, A l'Arc de
Triomphe, la Guerre d'Espagne* qui trahissent déjà
l'inspiration personnelle. Près de trente pièces,
écrites en un an, donnent matière à une nouvelle
publication : le second volume des *Odes* paraît en
mars 1824, et est accueilli avec enthousiasme.

Cette fois encore, une préface accompagne le livre,

et l'auteur prétend y exposer ses croyances littéraires; mais celles-ci demeurent si flottantes qu'on
ne peut guère les caractériser que par le mot *juste
milieu*. Ainsi, bien qu'il « ignore profondément ce
que c'est que le genre classique et le genre romantique », il sait qu'« il y a maintenant deux partis
dans la littérature comme dans l'État; mais il sait
aussi que des conciliateurs se sont présentés avec
de sages paroles entre les deux fronts d'attaque,... et
c'est dans leurs rangs qu'il veut être placé, dût-il y
être confondu ».

Quant à la « forme » littéraire, s'il ne la traite
plus tout à fait avec le même dédain qu'en 1822, il
est encore loin d'en comprendre l'importance : « Il
suffit, selon lui, de rajeunir quelques tournures usées,
de renouveler quelques vieilles expressions, et peut-
être d'essayer encore d'embellir notre versification
par la plénitude du mètre et la pureté de la rime;
mais on ne saurait trop répéter que *là doit s'arrêter
l'esprit de perfectionnement : toute innovation contraire à la nature de notre prosodie, au génie de notre
langue doit être signalée comme un attentat aux premiers principes du goût.* »

Le 29 avril 1825, V. Hugo était nommé chevalier
de la Légion d'honneur en même temps que Lamartine. L'année qui s'ouvrait ainsi par la consécration
solennelle de sa jeune gloire devait être particulièrement féconde pour le poète : la fortune, qui commençait à lui sourire, allait lui permettre de quitter
le cercle un peu étroit où il s'était enfermé depuis

le retour d'Espagne, et d'entreprendre de nouvelles
courses pour étendre l'horizon de ses yeux et de
son esprit. Trois voyages en quatre mois, Blois,
Reims et la Suisse — c'est-à-dire les merveilles de
la Renaissance, les splendeurs du sacre royal et les
sublimités de la nature alpestre, — c'est beaucoup
pour qui n'a presque pas franchi, depuis douze ans,
l'enceinte de Paris. V. Hugo est à l'âge où les impressions, déposées dans le cerveau, germent et fructi-
fient. Aussi est-ce une bonne fortune pour la critique
de pouvoir saisir dans la « relation » qu'il écrivit
lui-même du dernier et du plus important de ces
voyages, l'apparition d'une faculté d'observation
personnelle et d'expression immédiate au travers de
laquelle commence à percer l'originalité, jusqu'alors
enveloppée, de sa vision poétique.

Sans doute, à bien examiner les œuvres que nous
venons de passer en revue, l'obsession du détail
pittoresque, inconsciente dans les souvenirs d'enfance, acceptée et recherchée dans les créations de
la fantaisie, trahissait déjà une complexion d'esprit toute spéciale. Certaines métaphores jetées au
hasard, par exemple « la pyramide, tente immobile
de la mort », témoignaient d'une singulière aptitude à saisir au vol l'aspect significatif et suggestif
des choses : mais jamais encore il n'avait regardé la
nature avec ses propres yeux. C'est vraiment cette
excursion aux Alpes qui lui révéla le mode particulier de réaction qu'exerçait son esprit sur les images
venues du dehors, l'espèce d'altération, de transfi-

guration propre que celles-ci subissaient en pénétrant dans son cerveau — c'est-à-dire, au fond,
l'essence du génie qui essayait de se dégager en lui
des influences éducatrices.

Du premier coup, la faculté maîtresse du poète
éclate avec évidence, celle qu'il faut bien, faute d'un
mot plus explicite, appeler l'*imagination*. Entendez
par là une impressionnabilité toujours éveillée aux
spectacles changeants du monde, une perception
rapide et intense des formes expressives, une collaboration de l'esprit à la vision, qui fait jaillir une
« image » là où il n'y avait qu'une apparence matérielle, qui, d'une rencontre de couleurs et de lignes,
tire de la pensée et de l'émotion, qui enfin interprète toute sensation et symbolise toute figure.

Un rocher aigu se profile sur une pente tachetée
de neige : « c'est un clocher de cathédrale, entouré
d'un vol de colombes » ; un écueil, poli par les eaux,
brise le cours d'un torrent qui écume au soleil :
c'est « un front couronné d'une chevelure blonde... ».

Déjà il appert que, pour V. Hugo, la poésie par
excellence sera l'écho du monde matériel dans une
âme vibrante et sonore. L'imagination est vraiment
la racine profonde de ce génie multiple et divers
qui prendra tant de formes — non pas la fantaisie
idéale, la création spirituelle, mais la plasticité physique, sensorielle, cérébrale qui est le principe des
évocations et hallucinations de tout ordre.

C'est dans le développement de cette faculté qu'il
reste maintenant à étudier l'évolution du génie qui

se lève. La matière n'est pas simple : en soi, toute
image est une sensation qui revit, mais cette réminiscence n'est pas toujours directe et immédiate.
Les termes littéraires ne sont le plus souvent que
les enveloppes sèches et vides des émotions qu'ils
rappellent; et les images qu'ils expriment doivent
être rapportées aux traditions artificielles de la
grammaire ou de la rhétorique. Il est clair que ce
n'est pas dans ces expressions-là que peut percer
l'originalité d'un poète. A mesure donc que nous
avancerons dans l'étude de la vie et de l'œuvre de
V. Hugo, nous devrons rechercher, avec la part
croissante de l'imagination, les traces de plus en
plus marquées de la personnalité du maître.

Gardons-nous, en effet, de croire que, même
après cette décisive leçon donnée par la nature, il
ait rompu, sans réserve et sans retour, avec les
habitudes verbales qu'il tenait de son éducation;
les révolutions de ce genre ne se font point brusquement. C'est en étendant peu à peu le cercle de
son expérience que V. Hugo remplacera les formes
stériles de la langue traditionnelle par les fraîches
impressions qui vont se multiplier dans son cerveau.

Ainsi les *Orientales*, écrites en 1826 et 1827,
représentent encore une période de transition dans
l'histoire de son génie : le dessein même qui leur a
donné naissance et d'après lequel le poète s'ingénie
à décrire un monde qu'il n'a pas vu, suffit à montrer
quelle idée il se fait de l'imagination poétique. D'ailleurs la subite éclosion de ces visions exotiques

dans le cerveau d'un jeune Français revenant de
Suisse est un phénomène qui mérite quelque attention.

Non pas qu'il soit besoin de longues réflexions
pour trouver comment a pu lui venir « l'idée de
s'aller promener en Orient pendant tout un volume »,
et il importe peu vraiment qu'il dénie à la critique
« le droit de questionner le poète sur sa fantaisie,
de lui demander pourquoi il a choisi tel sujet, broyé
telle couleur, cueilli à tel arbre, puisé à telle source ».
Nul n'ignore qu'en 1828, la France, l'Europe entière
avaient les yeux fixés sur l'Asie Mineure et la Grèce :
les noms de Canaris et de Navarin étaient dans
toutes les bouches. La poésie elle-même avait donné
le branle : Casimir Delavigne chantait les *Messé-*
niennes, Byron venait de mourir à Missolonghi.

Non pas même qu'il soit difficile d'établir que les
principaux éléments de ces images nouvelles sont
tout simplement empruntés aux souvenirs des voyages anciens de l'enfant à travers ces pays du soleil,
et surtout dans « cette Espagne à demi africaine, à
demi asiatique qui est encore l'Orient ».

Non : ce qui est étrange et demande explication,
c'est qu'une telle entreprise ait pu aboutir à une
œuvre d'art aussi voisine de l'idéal conçu par le
poète; c'est que les couleurs restées empreintes
dans le cerveau de l'enfant se soient aussi rapide-
ment et aussi facilement ravivées pour se projeter
sur les rêves qui obsédaient la pensée du jeune
homme; que ces « vagues lueurs lointaines » aient

éclaté, à son gré, en un flamboiement capable de
donner aux Orientaux l'illusion de l'Orient ; qu'enfin,
cette sorte de phosphorescence cérébrale ne puisse
en aucune façon être confondue avec les précédentes
réminiscences, et qu'il faille, de toute force, en
étudier à part l'origine et les effets.

Un aveu de V. Hugo, jeté au hasard dans la préface, nous indique le point où doit porter l'analyse :
« l'idée d'écrire les *Orientales* lui a pris, d'une
façon assez ridicule, l'été passé, en allant voir coucher le soleil ». Un seul mot à reprendre : ce n'est
pas l'*idée* du livre qui lui est venue ainsi — elle
était dans l'air, — c'est l'ardeur physique, solaire,
dont sa cervelle avait besoin de s'imprégner pour
produire ce genre d'irradiation qu'évoque l'idée de
l'Orient. Oui, je l'en crois sur parole, la sensation
d'éblouissant éclat que laisse cette poésie artificielle
est due sans doute à l'échauffement réel des yeux
et de l'esprit qu'il s'est complu à chercher dans la
contemplation de la plus violente lumière. Et ce
procédé, si mécanique, si factice qu'on le juge, est
encore un progrès sur le système d'amplification
oratoire des *Odes* ; car l'écrivain arrive de cette
façon à provoquer en lui une véritable hallucination, au cours de laquelle les images endormies se
ignent de la clarté ambiante, et reparaissent avec
une intensité de vie qu'elles n'avaient jamais eue.
La donnée primitive disparaît le plus souvent, noyée
dans le rayonnement qui l'enveloppe. Ainsi l'éten-
dard des États-Unis, qui porte des étoiles blanches

sur un champ d'azur, devient, dans les *Orientales*,
« un ciel doré semé d'étoiles bleues ».

Les mots eux-mêmes changent de valeur et de
sens ; ce n'est pas la moindre singularité de ce style
surchauffé que la résurrection imprévue des figures
inertes de la phraséologie poétique qui, toutes vides
d'impressions qu'elles demeurent, semblent tout à
coup s'enflammer et ruisseler à leur tour, sous l'influence de cette vibration lumineuse :

> La nuée éclate,
> La flamme écarlate
> Déchire ses flancs,
> Et jette tremblante
> Sa lueur sanglante
> Sur les frontons blancs.
> Son front vert et rose
> Que le soufre arrose
> Fait, en les rongeant,
> Luire les murailles,
> Comme les écailles
> D'un lézard changeant....

A coup sûr, il n'y a rien de *vu* dans ce presti-
gieux tableau ; on ne saurait pourtant dire qu'il n'y
a rien de *senti* : exaltée par la fulguration solaire
dont elle garde la ferveur latente, la sensibilité
du poète se trahit même dans le développement
de rhétorique où elle trouve son expansion.

C'est à ce titre que les pièces les plus banales,
les plus fausses des *Orientales* méritent encore
d'être étudiées. Ce qui en fait l'intérêt, ce n'est certes
pas la « couleur locale » des objets, empruntée aux
récits des voyageurs ou aux livres des poètes, mais

le *coloris* littéraire dont brille ce style tout de surface, l'espèce de vernis extérieur de l'expression,
qui mystérieusement s'avive dans le bouillonnement
cérébral, et, tout à coup, transperce, on ne sait
comment, l'enveloppe du mot, pour éclater en des
fusées de verbe, donnant l'illusion du paroxysme.

Là j'entrevois la qualité native de l'imagination
qui fonctionne ainsi à vide et qui n'attend plus que
des matériaux pour passer à la création originale.

Ce n'est pas d'ailleurs la seule trace d'impression
directe et sincère que présentent ces poèmes d'apparence si chimérique. A l'époque où Victor Hugo
composait les *Orientales*, écrit le Témoin de sa vie,
« il allait chaque soir contempler le coucher du
soleil dans les environs de Paris, et étudier comme
un peintre les effets de lumière ». Sainte-Beuve a
raconté ces promenades sur les hauteurs du Mont-
Parnasse ou de la colline Sainte-Geneviève qui ne
furent point inutiles au poète. S'il n'y découvrit ni
Stamboul, ni Médine, qu'il avait le tort de vouloir
décrire, il apprit à distinguer les aspects imprévus
et les nuances changeantes que la lumière donne
aux objets, selon l'angle par où elle les frappe. Sans
parler du *Pas d'armes du roi Jean* qui nous montre
« le profil et le front gris » de la cité, les *Orientales* fourmillent de ces vues brèves et saisissantes
d'une ville aperçue d'en haut : les dômes « qui dans
l'ombre étincellent comme des casques de géants » ;
les tours qui « dressent comme des caps leur édifice
sombre » ; les maisons où les fenêtres flamboient

« comme des yeux »; les clochers qui « dentellent
l'horizon violet »....

L'œil de Victor Hugo s'assouplit à ces exercices
d'observation, et son cerveau s'emplit de visions
précises, originales, exactement notées, qui se sub-
stituent peu à peu aux images verbales et aux souvenirs. Ce n'est pas, à proprement parler, de « couleurs » positives qu'il enrichit alors sa palette, mais
il s'initie aux multiples phases de la lutte quotidienne
de l'ombre et de la clarté, dans l'expression de
laquelle il n'aura pas de maître.

Aussi tous les tableaux vraiment observés des
Orientales tranchent-ils singulièrement en sombre
sur le fond éblouissant de la fiction : ce ne sont
guère que crépuscules et clairs de lune, et « longs
flots de fumée qui baignent en fuyant l'angle noirci
des toits ». En vain le poète, acharné à sa tâche,
cherche-t-il à écarter la réalité pour rentrer en lui-
même et y susciter, par un effort de pensée,

> Quelque ville mauresque, éclatante, inouïe,
> Qui, comme la fusée, en gerbe épanouie,
> Déchire le brouillard avec ses flèches d'or;

son beau « rêve d'Asie » avorte, et il s'arrête à
pleurer le mensonge évanoui....

C'est pendant qu'il écrivait les *Orientales* que
Victor Hugo devint romantique. Si connue qu'elle
soit, il nous faut bien une fois encore esquisser
l'histoire de la révolution qui commençait alors de
bouleverser notre littérature, afin de marquer la part
que le poète y a prise.

CHAPITRE III

L'ENTRÉE DANS LE ROMANTISME

Les origines du romantisme, comme de toutes les révolutions, sont complexes et obscures. N'a-t-on pas voulu démontrer récemment que les premiers romantiques sont les classiques du grand siècle, non pas seulement Corneille et Bossuet, mais Fénelon et Racine? Paradoxe à part, il est bien évident qu'une rénovation du goût qui suppose de si multiples changements n'a pu se faire d'un coup, et que la critique a le plus grand intérêt à en rechercher les premiers indices; mais il faut borner ici la recherche aux antécédents immédiats. La fin du XVIIIe siècle suffit à expliquer le romantisme : J.-J. Rousseau et Bernardin de Saint-Pierre sont déjà ses prophètes, l'un par le culte de la passion, l'outrance du mouvement et du style, l'autre par l'entente des beautés pittoresques de la nature, de leur importance et, pour ainsi dire, de leur *valeur* décorative dans les œuvres littéraires.

Après eux, c'est à Chateaubriand que l'école doit
le plus, et c'est à lui que revient, sans contredit, le
titre de « sachem du romantisme », que lui a décerné
Th. Gautier. Là même où il a été devancé, il a
marqué d'un caractère profondément personnel les
sentiments et les idées qui sont devenus le patri-
moine commun de ses successeurs.

Ainsi, chez J.-J. Rousseau, cette « passion »
même, dont il a révélé au monde la puissance esthétique, reste simplement humaine et comme générale ; à travers tous les récits et les descriptions
dont elle forme la matière, elle apparaît sans autre
caractère distinctif que la violence de ses effets et
l'excès de fureur où elle entraîne l'âme. Avec Chateaubriand, elle prend une particularité imprévue
qui la transforme, et dont la séduction rajeunie
s'impose aussitôt à la génération tout entière. René
ne se borne pas, comme Saint-Preux, à aimer une
femme et à attendre d'elle le bonheur ou le malheur
de sa vie : son cœur est au-dessus de l'amour même,
ou tout au moins de l'objet qui le captive. Toute
ivresse est impuissante à le satisfaire, et son chagrin vient surtout de ce qu'il voit la réalité inégale
à son rêve. Ce qu'il y a d'original, de nouveau en
lui, c'est l'obsession d'un idéal auquel il est aussi
incapable d'atteindre que de renoncer. De là ce
mélange de dégoût et d'orgueil, cette désespérance
à demi résignée et, partant, plus amère, cette mélan-
colie hautaine que Goethe et Byron n'ont point ensei-
gnée à Chateaubriand et que son siècle tient vrai-

ment de lui : « O René, s'écrie Sainte-Beuve, nous sommes vraiment vos fils! notre enfance a été troublée par vos rêveries, notre adolescence s'est agitée de vos troubles et le même aquilon nous a soulevés! » Oui, l'hommage est juste : d'autres ont pu varier l'attitude et le langage du sentiment tard-venu qui est demeuré jusqu'à nous le fond de toute poésie personnelle : c'est Chateaubriand qui en a donné les premières et les plus typiques expressions.

C'est lui aussi qui en a fixé la rhétorique, car nous avons dit qu'il faut bien donner ce nom au système d'interjections, d'apostrophes et de prosopopées qu'il s'était formé à lui-même et que lui empruntèrent d'abord les romantiques. « Orages du cœur, est-ce là une goutte de votre pluie? » — « Levez-vous donc, orages désirés! » N'est-ce pas ainsi que parlent Hernani, Didier, Antony, Buridan?... Tous déclament, tous sont « enivrés de verbe », — comme l'étrange chrétien qui a osé louer sa religion d'être « la plus favorable aux enchantements de l'imagination par la pompe de ses miracles et par les incomparables machines qu'elle offre au poète », comme le rare philosophe qui n'a pas craint de s'applaudir de ce qu'il y ait « dans le nom de Dieu quelque chose de superbe qui sert à donner au style une merveilleuse emphase ».

Son influence est partout dans le mouvement qui a produit le romantisme. Pour Bernardin de Saint-Pierre, la nature n'était guère qu'une matière à sensations et un prétexte à descriptions; elle s'associait à l'âme humaine et étendait, en quelque sorte, le domaine de son expression, mais n'avait point d'âme à elle, point d'existence propre, n'étant que le berceau magnifique préparé par Dieu pour sa créature privilégiée. Par un sentiment tout nouveau de l'indépendance de la création, par l'admiration ingénue, attentive, religieuse de la vie universelle, qui en était l'étroite conséquence, Chateaubriand prépara la révolution littéraire dont Lamartine, Hugo, George Sand, Michelet allaient être les apôtres. Les premiers romantiques, occupés à des querelles de mots, ne comprirent pas où tendait le système ; mais ce fut assez que l'esprit de René soufflât sur le plus grand d'entre eux : V. Hugo apprit de lui que la poésie est la perception divinatrice des rapports secrets qui lient le monde matériel au monde moral, et, après lui, mieux que lui peut-être, mérita le nom d' « enchanteur » — c'est-à-dire d'interprète et de mage — que Joubert et Mme de Staël avaient donné au peintre de l'*Itinéraire*.

Mais c'est surtout par la rénovation des images poétiques que Chateaubriand a exercé une action décisive sur l'école. Nous avons dit déjà quelle méthode d'expression intensive et immédiate il avait substituée au style abstrait et général des classiques. C'est pour rajeunir l'imagination française qu'il avait entraîné notre littérature dans la voie des peintures exotiques, où le romantisme versa d'abord tout entier. A la langue épuisée du xviiie siècle, à la sensibilité affadie de ses poètes habitués à repré-

senter perpétuellement les mêmes objets par les
mêmes moyens, il fallait des impressions inconnues,
étranges, capables de secouer le sang et les nerfs
du lecteur comme de l'écrivain. Aussi Chateaubriand n'a-t-il guère décrit que l'Amérique et l'Orient,
et quelques paysages antiques imaginés d'après les
contrées vierges dont la fraîcheur imite aujourd'hui
la primitive jeunesse du monde.

Les romantiques l'imitèrent mal en n'empruntant
que ses procédés et en contraignant leur fantaisie à
peindre des pays qu'ils n'avaient pas vus; mais du
moins gardèrent-ils du modèle cette luxuriance de vie
extérieure, cette prédominance de l'imagination dans
le style qui reste la marque de l'époque. Les deux
trouvailles dont ils s'attribuèrent le mérite, la *couleur locale* et le *grotesque*, n'étaient que des applications de ce système : d'un côté, la restitution
imaginaire d'événements passés ou de tableaux pittoresques conservés dans le caractère et le cadre que
leur attribue la convention érudite; de l'autre, la
recherche de la particularité originale et de l'irrégu-
larité bizarre qui provoquent la curiosité de l'esprit
et lui donnent, par contraste, la sensation d'une
saveur esthétique. Il n'y avait rien là de tout à fait
nouveau ni qui justifiât la création d'une école,
Chateaubriand avait quelque droit à le leur dire.

Ce qui fit l'unité et la raison d'être du romantisme, ce qui rapprocha ses partisans, loin du
grand écrivain de qui ils tenaient la meilleure part
de leur doctrine, c'est plutôt un lien d'âme qu'un

ien d'esprit, une communauté d'enthousiasme et
l'espérance, dont le principe était en eux et non
dans les chefs-d'œuvre qui avaient fait leur éducation. Chateaubriand n'avait plus vingt ans quand ils
levèrent la bannière, voilà pourquoi il ne conduisit
point le chœur des disciples émancipés dont il ne
pouvait plus partager les illusions.

D'ailleurs le premier groupement qui réunit les
écrivains las de la tradition académique ne fut
l'œuvre d'aucune initiative individuelle, mais l'effet
naturel et presque mécanique des influences étran-
gères qui dominaient alors dans notre littérature, et
que représentent assez exactement ces trois noms :
Ossian, Walter Scott, Byron.

Toute la génération de l'Empire et de la Restauration avait été dupe de la supercherie de Macpherson.
Goethe exprimait l'opinion générale en déclarant
qu'Ossian avait supplanté Homère dans son cœur. Ce
ragoût de barbarie réveillait les palais les plus blasés.
La mode était aux envolées lyriques, aux visions
sauvages et grandioses. Pas de poète qui ne rêvât de
mêler sa voix à la voix épique de l'ouragan, pas un

> Qui, de joie et d'amour noyé par chaque pore,
> Pour mieux voir la Nature et mieux s'y fondre encore,
> N'aurait voulu trouver une âme et des accents,
> Et, pour d'autres transports, se créer d'autres sens [1].

Walter Scott ne provoquait point cet esthétique
délire, mais son action n'était pas moindre : il révé-

1. Lamartine, *Jocelyn.*

lait aux lettrés une forme alors toute nouvelle du
sens historique, l'intuition du détail expressif, du
décor et de l'appareil caractéristique des âges dis-
parus. Voltaire et Montesquieu en France, Goethe en
Allemagne, Gibbon en Angleterre, s'étaient attachés
à pénétrer la signification morale ou philosophique
des événements et des époques; nul encore n'avait
cherché à faire revivre les hommes et les choses du
passé, avec leur apparence concrète et visible, de
manière à donner à l'esprit l'impression d'un monde
ressuscité. Avant même d'entrer dans le mouvement
romantique, V. Hugo avait cédé à l'attrait de cette
méthode d'évocation pittoresque, mais il n'en sentit
bien la valeur et la force que lorsqu'il chercha à
donner une doctrine à l'École qui se formait autour
de lui. Ce fut là un des premiers articles de la poétique nouvelle, un de ceux qui contribuèrent le plus
à lui prêter un sens et une direction propres.

Enfin, à tous ces jeunes enthousiastes, Byron
imposait le double ascendant du génie et de l'héroïsme. *Lara, le Giaour, Manfred, Don Juan*, leur
offraient l'exemple d'un art audacieux et libre échap-
pant aux règles et aux formules, et la contagieuse
ardeur du poète répandait dans toute l'Europe
l'amour de cette Grèce pour laquelle il allait mourir.

Une publication posthume, qui eut un retentissement immense, celle des œuvres d'André Chénier
par de la Touche, porta le premier coup droit aux
prétentions de la littérature académique : le plus
délicat et le plus harmonieux des poètes, celui qui

emblait, par moments, avoir retrouvé le secret de
a pureté et de la noblesse antiques, témoignait ma-
ifestement contre la méthode artificielle et vide des
rétendus conservateurs de l'idéal. « C'est d'alors,
it Th. Gautier, qu'il faut dater vraiment la poésie
moderne.... A cette apparition, toute la fausse poésie
e décolora, se fana et tomba en poussière. L'ombre
e fit sur des noms rayonnants naguère, et les yeux
e tournèrent vers l'aurore qui se levait »

De toutes parts, en effet, le génie nouveau s'an-
onçait prêt d'éclore : les *Méditations* de Lamartine,
es *Poèmes antiques et modernes* de Vigny étaient
uivis du *Trilby* de Nodier, des vers de *Joseph De-
orme*. Lamennais lançait l'*Essai sur l'indifférence*,
Eugène Delacroix exposait la *Barque de Dante*.

C'est à ce moment que V. Hugo, déjà célèbre par
es *Odes*, se trouva à son tour entraîné dans la mêlée
ittéraire et contraint de choisir entre les deux paris qui le réclamaient.

On dispute sur l'époque où il fit adhésion au
omantisme. La question ainsi posée n'offre pas un
ens bien net, car le romantisme n'existait pas, à
roprement parler, avant Victor Hugo : c'est la pré-
ace de *Cromwell* qui lui a donné une doctrine, *Her-
ani* un idéal et un drapeau. Le nom existait
pourtant et nous savons à peu près quelle idée il
eprésentait : ce qu'on peut trouver de commun
entre Ossian, Walter Scott et Byron, ce qui permet
de rapprocher Chateaubriand, Nodier et Delacroix,
'est-à-dire un tour d'imagination concret et saisis-

sant qui tend à rajeunir l'art par des couleurs et des
formes nouvelles, en substituant partout soit l'inspiration du génie, soit même l'émotion factice, à la
banale convention des règles.

En 1824, Victor Hugo ne comprend pas encore
que telle est la véritable signification du romantisme.
Il sent bien qu' « un mouvement vaste et profond
travaille intérieurement la littérature de ce siècle »,
ce qui n'a rien d'étonnant, « après une révolution
politique qui a frappé la société dans toutes ses som-
mités et dans toutes ses racines »; il sait qu'il
y a « un genre faux, qu'on a surnommé le genre
scolastique, genre qui est au classique ce que la
superstition et le fanatisme sont à la religion », et
il oppose à celui-là « la littérature présente telle que
l'ont créée les Chateaubriand, les Staël et les Lamennais », mais il ne veut pas entendre parler d'école :
« le beau dans Shakespeare est aussi *classique* que
le beau dans Racine, et le faux dans Voltaire est tout
aussi *romantique* que le faux dans Calderon ».

Sans doute il ne faut pas prendre ces manifestes à
la lettre, ni s'interdire de rechercher, même avant
1824, les premières traces de l'évolution de pensée
et de style qui devait conduire Victor Hugo au
romantisme; mais il importe aussi de ne pas changer le caractère de cette évolution en s'obstinant à
y trouver l'influence anticipée d'une école dont le
poète faisait encore si bon marché. C'est là l'erreur
où tombe M. Biré, lorsqu'il divise la prétendue
« conversion » de Hugo en trois périodes dont cha-

cune correspondrait à une espèce particulière de
romantisme, ou plutôt à un moment de croissance
de la secte. La première se placerait, selon lui, vers
1822, au temps de la publication des *Odes* : alors le
romantisme, à peine naissant, consiste à n'user que
d'expressions et d'images tirées du christianisme ;
« il demande ses inspirations à la Bible, au lieu de
les puiser aux sources d'Hippocrène, au ruisseau de
Permesse, et à la fontaine de Castalie » : là Victor
Hugo n'a qu'à suivre Chateaubriand et Lamartine.
La seconde phase (que M. Brunetière, corrigeant
légèrement la théorie de M. Biré, considère comme
critique et capitale) serait marquée par le culte du
moyen âge et de la chevalerie, auquel Victor Hugo
aurait été conduit par son royalisme *ultra* : ici c'est
Nodier qui l'a devancé. Enfin la troisième s'ouvrirait
en 1827 avec la préface de *Cromwell* : phase doctri-
nale et polémique, où Victor Hugo se borne, dit-on,
à reprendre et à rajeunir les théories de Mme de
Staël et de Stendhal.

Un seul mot détruit l'effet de cette analyse : n'est-
il pas évident qu'en rapportant ainsi à une série de
précurseurs chacun des caractères qui distinguent
le romantisme achevé, on reconnaît implicitement
qu'on n'a pas su découvrir ce qui fait l'unité du système ? Car enfin, ni Chateaubriand, ni Lamartine, ni
Nodier, ni Mme de Staël, ni Stendhal n'ont joué le
rôle de Victor Hugo. Tous pourtant, sauf l'auteur
de *Corinne*, étaient vivants lorsqu'il fut proclamé
Maître : pourquoi ne réclamèrent-ils pas contre

cette usurpation prétendue, et, à part Chateaubriand aigri et Stendhal envieux, se rallièrent-ils à
cette gloire qui leur devait ses rayons?

C'est qu'on ne peut rapporter uniquement aux
influences historiques et littéraires les raisons qui
déterminèrent le parti de Victor Hugo et la direction
suivie par son école. Ce tour particulier de génie
qui éclate dans *Hernani*, et dont la définition a
servi de doctrine aux romantiques, *il ne le devait à
personne*, et les changements successifs qui mar-
quèrent ses dernières années de noviciat ne font
qu'en manifester le développement continu.

Tant que Victor Hugo était resté confiné dans la
littérature verbale, dans « la poésie de seconde
main », on ne pouvait deviner de quel côté il pen-
cherait : lui-même, nous l'avons dit, ne le pressentait pas. Tout au plus la préférence et l'imitation
de Chateaubriand et de Walter Scott, et plus encore
l'étrangeté de certaines images, l'outrance de certaines formes permettaient-elles d'entrevoir que
l'idéalisme qu'il tenait de son éducation répondait
mal à ses secrètes aptitudes. Mais le contact seul
de la nature, directement et impartialement obser-
vée, devait lui révéler sa propre originalité.

C'est pendant ce voyage de 1825, si laborieux et
fécond, qu'a commencé à se trahir, au travers de la
poésie apprise, le « romantisme latent » dont il portait le germe inné en lui. Pour n'être point dupe des
mots, cherchons à marquer avec précision ce que
nous entendons par là.

Malgré ses prétentions philosophiques, le romantisme n'a rien innové que dans l'ordre de l'imagination. Là son œuvre est double : il ne s'est pas contenté de protester contre la méthode d'expression générale et vague à laquelle avait abouti l'esprit d'analyse du XVIIIᵉ siècle — sur ce point Chateaubriand ne lui avait laissé presque rien à faire — il a encore inauguré un système d'interprétation et de représentation de la nature inconnu jusqu'alors dans la tradition poétique de la France.

Il y a en effet un trait commun à tous les écrivains des environs de 1830 qui n'ont pas accédé au credo romantique — classiques rétrogrades, ou novateurs originaux, Lamartine et Alfred de Vigny, aussi bien que Ducis et Fontanes, — c'est que, pour tous ceux-là, la poésie exige une sorte de spiritualisation des apparences matérielles et des images qui les expriment. Chacun use des moyens dont il dispose pour alléger l'empreinte physique que la métaphore garde de son origine sensible : les uns l'effacent par l'abstraction du langage, les autres l'idéalisent en représentant toujours la matière en action. Chez Lamartine par exemple, l'image n'évoque jamais la résistance de la saillie, la solidité du contour, le relief coloré ou la cavité sombre d'une nature immobile : le mont s'élance, l'arbre frissonne, le ruisseau court, le nuage vole : quelque chose d'invisible et de spirituel circule sous le chatoiement des surfaces.

Que nous sommes loin du romantisme, pour qui l'aspect extérieur des choses saisies dans l'origina-

lité pittoresque de leurs formes ou de leurs dispositions est le principe ou tout au moins le point de
départ de toute poésie!

Dans ce sens, Victor Hugo s'est trouvé romantique, le jour même où il a laissé sa sensibilité native
s'exprimer librement en face de la nature. Il lui a
suffi, pour passer d'un camp dans l'autre, d'interpréter fidèlement le sens dans lequel se résolvait
pour ses yeux le chaos visuel, d'observer la manière
dont ces impressions originelles, empreintes dans
son cerveau, s'y changeaient spontanément en images, et venaient s'épanouir en métaphores grosses
d'émotion poétique.

Ainsi ce qui frappe avant tout son regard, c'est
le contraste, le relief, la figure, et particulièrement
les accidents de la figure, l'angle, la saillie, la pointe
— tout ce qui détermine et caractérise la réalité
matérielle. Toutes les métaphores lui viennent de
la *forme*, qui est l'élément physique par excellence;
de la forme aussi, lui viennent les *idées* qui fécon-
dent les images et en font des symboles. A Montfort-
l'Amaury, la citadelle avec ses deux corps de bâtisse
reliés à la tour semble « un vautour ouvrant ses
ailes », tandis que la ville « étend les bras en croix
et s'allonge en épée » — toute la féodalité vue en
raccourci dans une de ses œuvres!

N'est-ce pas là ce qu'on peut appeler le tour
d'imagination romantique? Non pas que les romantiques en eussent conscience avant Victor Hugo;
mais les tendances éparses que représentait l'école,

les communes aspirations à un nouvel idéal qu'on
pressentait plus concret, plus vivant, plus suggestif, s'orientaient déjà dans ce sens, et il ne manquait
plus qu'un homme de génie pour donner au mouvement ébauché l'unité directrice et féconde.

Ajoutez ceci que le romantisme, qui recrutait ses
adeptes parmi les jeunes hommes les plus ardents
de la génération née pendant les orages de la Révolution et de l'Empire, se trouva tout naturellement
porté à l'outrance et à la violence, au dédain de la
règle et de l'équilibre — et vous découvrirez une
harmonie de plus entre les prédispositions confuses
des novateurs et la puissante, la démesurée, la
monstrueuse imagination qui commençait à se faire
jour dans les premières créations de Victor Hugo.

Qu'on ne s'étonne pas de la part que nous faisons
ici aux dons physiques, aux aptitudes innées du
maître, dans la détermination de la voie où il a
entraîné l'école : une méthode d'art n'est pas simplement une conception abstraite, il s'y joint toujours un système de formes appropriées qui rend
l'idée sensible et pratique. Le romantisme est une
doctrine esthétique, soit ; mais c'est aussi un procédé
de style, et le style ne prend un caractère que par
l'empreinte personnelle. A peine y a-t-il paradoxe à
dire que dans l'œil et le cerveau de Victor Hugo gît
la raison dernière des errements de l'imagination
romantique.

CHAPITRE IV

LES DRAMES ET LE ROMAN

C'est dans le drame que s'est pleinement affirmé
et épanoui ce que nous venons d'appeler « le romantisme » de V. Hugo; c'est là aussi que l'école grou-
pée autour de lui a trouvé la forme d'art qui convenait le mieux à son tempérament collectif. Qu'est-ce
donc que le drame romantique, et comment le génie
du poète y a-t-il imprimé la marque de sa personnalité souveraine?

Si nous en croyons la préface de *Cromwell*, c'est
à une nécessité historique qu'il faut rapporter la
naissance du nouveau genre littéraire qui a triom-
phé en 1830. Aux trois périodes de l'humanité, qui
s'appellent les temps primitifs, les temps antiques
et les temps modernes, correspondent trois formes
de la poésie : l'*ode*, dont le type est la Genèse;
l'*épopée*, dont le type est l'Iliade; le *drame*, dont le
type est l'œuvre de Shakespeare.

Le drame est l'expression fidèle de la conception
du monde inaugurée par le christianisme, et achevée
par la Révolution. Il suppose la dualité essentielle
de l'homme et de l'univers. Les deux contraires
originels, l'âme et le corps, la matière et l'esprit, le
vrai et le faux, le bien et le mal, le beau et le laid,
mêlés dans les œuvres de la nature, doivent l'être
également dans celles de l'art. Le contraste, qui est
le fond de toute réalité, est le fond de toute poésie
vraie, et le théâtre ne peut servir qu'au développement de ces oppositions naturelles.

Voilà l'idée que V. Hugo donne pour base à toute
sa théorie de l'art, celle qui devient l'article premier du credo romantique, et il faut bien avouer
qu'elle est originale. Nul autre ne peut en reven-
diquer l'honneur — ni Goethe qui, dès 1797, dans
Hermann et Dorothée, cherchait pourtant une voie
nouvelle à la poésie moderne, ni Schlegel qui, en
1808, attaquait la tragédie et ses unités, ni Stendhal
qui se vantait d'avoir devancé Hugo dans l'intelligence de Shakespeare, ni Chateaubriand enfin qui
avait cru laisser à « sa postérité » une interprétation définitive du christianisme. La raison en est
bien simple : cette idée prétendue n'est que la traduction logique et esthétique de la loi qui régit la sensibilité personnelle du poète, et V. Hugo ne fait, en
théorisant, que généraliser les conditions suivant lesquelles se produit chez lui la création imaginaire.

Il fait plus : il systématise en même temps les
vagues tendances réformatrices qui cherchaient à se

grouper sous la rubrique équivoque de romantisme, et leur impose la formule qu'il tient de son propre génie. Du premier coup il comprend qu'il y a une école toute prête à recevoir le maître qui lui donnera un drapeau, et qu'une prédestination de nature lui réserve, à lui, ce rôle.

Ne cherchons pas, en effet, pourquoi les romantiques subirent si facilement son joug : il leur apportait précisément ce qu'ils attendaient, la vigueur, le relief, l'éclat, qui manquaient depuis si longtemps à la poésie. Là tendaient toutes les révoltes qu'avait provoquées la domination abusive et surannée du genre classique. Tout le monde s'étonnait qu'après de si puissantes émotions sociales, causées par tant de catastrophes, la littérature, qui doit être l'image de la vie, restât aussi impassible et indifférente qu'une scolastique vouée à l'abstraction.

Le besoin de réaction s'était d'abord exprimé au hasard : « Un beau jour, dit Nodier, le *fantastique* avait fait irruption sur toutes les voies qui conduisent de la sensation à l'intelligence, et était entré, malgré Aristote, Quintilien, Boileau, La Harpe, dans le drame, dans l'élégie, dans le roman, dans la peinture, dans tous les jeux de l'esprit comme dans toutes les passions de l'âme ». Or que signifiait ce fantastique, sinon la destruction, des formes harmonieuses et immobiles qui avaient été l'expression normale d'une civilisation disparue, mais dont la noblesse classique ne pouvait plus être que la vaine image? « Il n'était pas étonnant que le lien puéril des trois

unités se relâchât quand l'immense unité du monde
social se rompait de toutes parts.... » Dès 1820, ce
même Nodier constatait combien on était loin déjà
de l'époque où le lecteur désirait dans les romans
des développements habilement ménagés : « La
génération actuelle, *impatiente de sensations fortes
et variées*, se soucie peu de trouver dans les pro-
ductions de l'esprit cette heureuse mesure, cette
exquise bienséance de composition; les émotions
réelles de notre siècle nous ont rendus extrêmement
difficiles sur les émotions romanesques ».

Bref, la génération nouvelle soupirait après un
art énergique, hardi, mouvementé, qui réveillât les
curiosités endormies, et V. Hugo se trouva à point
pour le lui offrir.

Et cela suffit à expliquer le sens que prit, dès
l'abord, la réforme romantique : l'espèce d'originalité qu'on demandait aux drames où elle manifes-
tait ses intentions révolutionnaires, était plutôt de
forme que de *fond*. V. Hugo n'a créé, à proprement
parler, aucun type : Hernani, Didier, Ruy Blas, les
seules figures vivantes de ses drames, sont des frères
puînés de Werther, de René, de Manfred. Ce qu'il
y a de personnel en lui, c'est une certaine manière
de sentir, qui entraîne une certaine manière de
représenter d'abord la nature physique, puis la nature morale conçue suivant la même loi de relief et
d'opposition. L'antithèse, qui est la traduction littéraire du rehaut matériel, est la formule constante
de cette sorte d'imagination, et la marque propre

laissée par V. Hugo à la doctrine qu'il faisait sienne.

Le drame de *Cromwell*, qui parut en 1827, était donné comme une application des théories contenues dans la préface; et, en fait, l'auteur y reste merveilleusement fidèle au système que nous venons de chercher à définir. L'idée même de la pièce est l'alternative constante des deux solutions que l'action peut recevoir : Cromwell sera-t-il roi? ne le sera-t-il pas? A chaque acte, la réponse change, et, pour finir, c'est pendant le couronnement du héros que la couronne lui est enlevée.

De même chaque personnage est, par essence, une vivante contradiction. Passe pour Cromwell dont l'âme complexe et profonde avait inspiré à Bossuet lui-même une série d'antithèses; mais le parti pris, ou plutôt le penchant naturel éclate dans la conception de tous les autres, de Rochester, de Milton, des puritains.... On peut dire que l'exubérante fantaisie qui se joue dans la forêt touffue de ces six mille vers a une loi et n'en a qu'une : celle du *contraste*, qui régit la conduite morale du drame, comme la décoration matérielle où il se produit.

L'année 1827 représente une époque critique dans la vie du poète, celle où se dessine l'évolution politique qui suit l'évolution littéraire marquée par la préface de *Cromwell* : V. Hugo devient bonapartiste et libéral en même temps que romantique. De part et d'autre, la cause déterminante de la conversion est la même : c'est le développement normal de l'imagination qui commande la nuance de l'opi-

nion comme le sens de la théorie. Placé, à ses
débuts, dans un milieu conservateur et respectueux
de toutes les traditions, le jeune homme n'a pas
tardé à être emporté par l'exubérante puissance de
son génie dans le camp du royalisme *ultra*, où Chateaubriand l'avait précédé. C'est à ce titre qu'il était
entré dans le cénacle de 1824 : le moyen âge et ses
légendes suffisaient alors aux besoins d'idéal de la
poésie comme de la religion. Mais il ne pouvait
s'enfermer longtemps dans l'étroite doctrine dont
l'impérieuse volonté de René n'avait pas réussi à
reculer les bornes. Épris surtout de grandeur et de
magnificence, il ne devait pas tarder à reconnaître
que ni la royauté ni l'Église de ce temps ne pouvaient satisfaire de telles aspirations. Il s'aperçut
enfin que « le siècle n'avait eu qu'un grand homme,
Napoléon, et qu'une grande chose, la Liberté », et
peu à peu son admiration, délaissant le domaine de
la fantaisie où elle s'était réfugiée, se tourna vers
ces deux étoiles réelles du ciel moderne.

La moindre réflexion d'ailleurs lui montrait que
l'affranchissement de l'art consacré par le romantisme en supposait et en exigeait un autre; et qu'une
réforme esthétique ne fait jamais qu'annoncer ou
dénoncer une révolution sociale. Son imagination,
hantée de visions de géants, de sommets et d'abî-
mes, se détournait spontanément des médiocres
héros qu'elle avait d'abord célébrés avec le psitta-
cisme de l'adolescence écolière. Bonaparte, fils de
la Révolution et dompteur des révolutionnaires,

parti de rien, arrivé à tout, puis retombé à rien, pétri de contrastes et de mystères, devait séduire cette pensée, maintenant consciente de ses lois. Et l'ardente, l'audacieuse, la féconde Liberté qui avait brisé les chaînes du vieux monde et qui grondait encore dans la prison mesquine où on voulait l'enfermer, comment n'aurait-elle pas fasciné le poète qui venait, dans son rêve d'art nouveau, de rompre avec toutes les servitudes et les règles?

V. Hugo a toujours prétendu qu'il était devenu « républicain » aussitôt qu'il avait pu penser par lui-même, et il y a quelque chose de profondément vrai sous l'apparente inexactitude de cette affirmation. M. Biré a beau accumuler les témoignages pour établir que le poète a été le protégé, le partisan fidèle de Charles X aussi bien que de Louis XVIII, en attendant d'être pair de France sous Louis-Philippe : cela n'empêche que l'auteur d'*Hernani*, de *Marion de Lorme*, du *Roi s'amuse*, de *Ruy Blas*, n'ait accusé, dès les premières œuvres où sa personnalité véritable trouvait son expansion, les tendances philosophiques et morales qui forment l'unité réelle de ses opinions.

En 1827, il ne s'agit encore que d'opinions théoriques ou plutôt poétiques, comme celles qui s'éveillent dans une âme française à l'aspect de la colonne Vendôme; mais il est curieux de surprendre, à leur racine, les idées qui doivent jouer un si grand rôle dans la seconde moitié de la vie du Maître. Ces idées sont proprement « romantiques », ou plutôt

elles sont, comme le romantisme lui-même, imaginatives, décoratives, plastiques, pour ainsi dire, et
ni la raison ni la volonté n'y ont la meilleure part.

C'est vers cette époque, entre les *Odes* et les
Orientales, que V. Hugo se lia d'étroite amitié avec
Sainte-Beuve. S'il est vrai que le critique exerça
une opportune influence sur le poète, on en a souvent exagéré la profondeur et la portée. V. Hugo
dut à son compagnon de promenades la connais-
sance et peut-être le sentiment de certains rythmes
expressifs ou bizarres, inventés ou restitués par les
poètes de la Pléiade que Sainte-Beuve étudiait alors
dans le *Globe* : mais qu'importe en vérité que la
Chasse du Burgrave reproduise un mouvement analogue à celui de telle ou telle pièce de Joachim du
Bellay ? Est-ce par là que V. Hugo s'est emparé de
la direction de l'école qui se presse déjà autour
de lui ?

D'ailleurs les œuvres s'accumulent sous sa main,
pendant ces bienheureuses années 1828 et 1829 qui
représentent l'apogée de sa jeunesse. Un mois après
les *Orientales*, en février, paraît *le Dernier Jour d'un
condamné*; en juin, et dans l'espace de vingt-quatre
jours, *Marion de Lorme* est achevée; en septembre,
c'est *Hernani* qui est prêt pour la lecture et dis-
tribué aux artistes du Théâtre-Français.

Mieux encore que *Cromwell*, ces deux drames réalisent et trahissent la poétique de V. Hugo, et il
importe d'y arrêter un moment notre attention, pour
noter ce qu'ils apportent de nouveau sur la scène.

Le nouveau, cette fois, ce n'est pas l'usage systématique et constant de l'antithèse, que nous avons déjà relevé et expliqué. Sur ce point, un seul changement est digne de remarque : l'accumulation des contrastes tend à devenir plus humaine, plus naturelle, elle se fond mieux avec le sens de la vie, avec l'expérience personnelle que le poète apporte au secours de son imagination; les caractères ne visent plus tant à la rigueur théorique qu'à la réalité psychologique. Si Didier et Hernani sont encore des créations purement imaginaires de l'idéal romantique conçu et senti à la manière de V. Hugo — c'est-à-dire unissant à plaisir tous les extrêmes de la vie sociale et de la vie morale, pour exciter par là des émotions plus violentes et plus inattendues, — on n'en peut dire tout à fait autant de Louis XIII et de don Carlos, toujours contradictoires et divers, mais autrement que les personnages de Cromwell et pour d'autres raisons où l'observation a sa part.

Ce qui apparaît pour la première fois, et ce qui va devenir une seconde marque caractéristique de la manière de V. Hugo, c'est l'*outrance* des sentiments mis en jeu dans le drame : par excès d'amour, Marion perd Didier et Didier perd Marion; par excès d'honneur, Ruy Gomez épargne Hernani et Hernani se livre. Tout est excessif dans ces prodigieuses actions, l'indécision de Louis XIII, l'insouciance de Chaverny, la dureté de Richelieu, la bassesse puis la grandeur de Charles-Quint; tout est héroïque, surhumain, *imaginaire* en un mot, et composé à dessein pour frapper les sens et les esprits.

La nature même de l'effet cherché par le poète montre quel abîme sépare désormais le drame de la tragédie. L'acception nouvelle que prend le mot « théâtral » en témoigne : plus de *caractères*, mais des *rôles* où tout est subordonné à l'impression extérieure ; une rhétorique exubérante et indépendante de l'action, la prépondérance du décor et des costumes expressifs, même dans la conception des personnages et dans le mouvement de l'intrigue. Peut-être le romantisme eût-il spontanément versé de ce côté, mais, à coup sûr, le tour d'imagination de V. Hugo suffisait à l'y précipiter.

On sait que *Marion de Lorme*, interdite par le roi, ne fut jouée qu'en 1831, et que les partisans du poète prirent leur revanche en faisant à *Hernani* un triomphe dont l'écho est venu jusqu'à nous.

Le mot « partisans » doit être ici pris à la lettre, car la lutte avait éclaté violente, terrible, entre les romantiques et les classiques, et le théâtre offrait à tous un merveilleux champ de bataille. Trop souvent pour qu'on y revienne a été racontée l'histoire épique de cette représentation du 25 février 1830, où s'étaient rués les Bousingots, les Badouillards, les *Jeune-France*, barbus et chevelus, vêtus de pourpoints multicolores, coiffés de toques, et portant à la main le mot de passe *hierro*, imprimé en noir sur du papier rouge. En face d'eux étaient les « glabres », les chauves, les momies, les perruques, les Philistins, en un mot, bientôt mis en déroute par la double

puissance de l'enthousiasme et du génie. « Temps
merveilleux! s'écrie Th. Gautier. La préface de
Cromwell rayonnait à nos yeux comme les tables de
la loi du Sinaï.... Les générations actuelles doivent
se figurer difficilement l'état des esprits à cette époque; il s'opérait un mouvement pareil à celui de la
Renaissance. Une sève nouvelle circulait impétueu-
sement; tout germait, tout bourgeonnait, tout écla-
tait à la fois. Des parfums vertigineux se dégageaient
des fleurs, l'air grisait, on était fou de lyrisme et
d'art. Il semblait qu'on vînt de retrouver le grand
secret perdu. Et c'était vrai, on avait retrouvé la
poésie!... Car ils combattaient pour l'idéal et pour
la liberté de l'art, ceux qui, répondant au cor d'Hernani, s'engagèrent, à sa suite, dans l'âpre montagne
du romantisme, et en défendirent vaillamment les
défilés contre les attaques des classiques. »

Pauvres classiques! ils luttaient avec énergie,
mais comment auraient-ils résisté à la tempête qui
les emportait? En vain Duvergier de Hauranne
s'épuisait à dire que « le romantisme n'est pas un
ridicule, que c'est une maladie, comme le somnam-
bulisme et l'épilepsie! » En vain Cuvier, recevant
Lamartine à l'Académie, le félicitait de s'être séparé
de « ceux qui offensent la raison et la langue »; et
Népomucène Lemercier, celui-là même à qui V. Hugo
devait succéder parmi les Quarante, faisait ouverte-
ment appel au bras séculier, dans cette plainte indi-
gnée :

Avec impunité les Hugo font des vers !

En vain, à la nouvelle que le *Henri III* d'Alexandre
Dumas allait être joué à la Porte-Saint-Martin,
MM. Arnault, Étienne, Jouy, Delrieu, Viennet, etc.,
adressaient une supplique à Charles X pour qu'il
fit « respecter le théâtre » : tout cédait au torrent,
usqu'au roi lui-même, qui, plus libéral cette fois
que pour *Marion de Lorme*, répondait aux pétition-
naires qu'il n'avait « que sa place au parterre,
comme le dernier de ses sujets ».

Oui, « par le seul fait d'*Hernani*, la question
romantique était portée de cent lieues en avant » ; la
brèche était ouverte, et tout y passa : *Christine* (1830),
Antony (1831), *la Tour de Nesles* (1832) de Dumas ;
e More de Venise et *Chatterton* (1835) d'Alfred de
Vigny ; *Indiana* (1832) et *Valentine* (1833) de George
Sand ; les *Contes d'Espagne et d'Italie* de Musset ;
Ahasverus de Quinet ; *Atar-Gull* et *la Salamandre*
d'Eugène Suë ; *l'Écolier de Cluny* de Roger de Beau-
voir ; *l'Ane mort et la femme guillotinée* de J. Janin ;
— sans compter les œuvres du Maître, *le Roi s'amuse*
1832), *Lucrèce Borgia* (1833), *Marie Tudor* (1835),
Angelo (1835), la *Esmeralda* (1836), *Ruy Blas* (1838),
et enfin *Notre-Dame de Paris* qui reste en un sens le
dernier mot de l'école....

Mais l'âge d'or du romantisme, c'est l'époque
lumineuse et féconde entre toutes où il gagne ses
premières victoires. L'année 1829 se présente ainsi
comme une halte dans l'histoire de V. Hugo. Autour
du Maître qu'entoure une superstitieuse admiration,
se pressent d'abord Nodier, le Précurseur devenu

disciple; Alfred de Vigny, le frère ainé en poésie,
qui s'incline devant une gloire plus haute, et Sainte-
Beuve, qui, hier encore, discutait et ne sait plus à
présent que louer, Sainte-Beuve qui vient d'écrire :

> Nous sommes devant vous comme un roseau qui plie.
> Votre souffle, en passant, pourrait nous renverser!

Puis la foule des amis, des disciples, des écoliers :
Saint-Valry, Émile et Antony Deschamps, Alfred de
Musset, Gérard de Nerval, Alexandre Dumas, Jehan
du Seigneur, Auguste Maquet, Joseph Bouchardy,
Célestin Nanteuil, Petrus Borel;... enfin les artistes
qui viennent allumer leur flambeau au foyer rayon-
nant de l'idéal nouveau : Louis Boulanger, Achille
et Eugène Devéria, Eugène Delacroix, David d'An-
gers.... David vient de faire le médaillon de Hugo
et Achille Devéria son portrait. Ceux qui ont vu
l'un ont reconnu « le profil marmoréen, le front
immense, la noble figure du poète »; ceux qui ont
vu l'autre, « la pâleur mystérieuse de la face, l'ardeur inextinguible et redoublée des yeux ».

C'est alors que Gautier, tout jeune et n'ayant
d'autres titres que ses « services d'*Hernani* », osa
concevoir l'idée de se présenter au Maître : « Deux
fois nous montâmes l'escalier lentement, lentement,
comme si nos bottes eussent eu des semelles de
plomb. L'haleine nous manquait, nous entendions
notre cœur battre dans notre gorge, et des moiteurs
glacées nous baignaient les tempes.... Enfin la porte
s'ouvrit et au milieu d'un flot de lumière, tel que

Phébus-Apollon franchissant les portes de l'aurore, apparut sur l'obscur palier V. Hugo lui-même, dans toute sa gloire.... »

Et voici l'inoubliable image, saisie au plus frais moment de jeunesse et d'épanouissement, que le disciple extasié emporta de cette première vision : d'abord « un front vraiment monumental qui couronnait comme un fronton de marbre blanc son visage d'une placidité sérieuse ». Il n'atteignait pas sans doute les proportions que lui donnaient les sculpteurs et les peintres, pour accentuer le relief du génie, mais « il était vraiment d'une beauté et d'une ampleur surhumaines ; les plus vastes pensées pouvaient s'y écrire : les couronnes d'or ou de laurier s'y poser comme sur un front de Dieu ou de César. Le signe de la puissance y était. Des cheveux châtain clair l'encadraient et retombaient un peu longs. Du reste, ni barbe, ni moustache, ni favoris, ni royale ; une face soigneusement rasée, d'une pâleur particulière, trouée et illuminée de deux yeux fauves pareils à des prunelles d'aigle, et une bouche à lèvres sinueuses, à coins surbaissés, d'un dessin ferme et volontaire qui, en s'entr'ouvrant pour sourire, découvrait des dents d'une blancheur éclatante. »

Ces traits sont de ceux que rien ne change, ni les chagrins ni les années. V. Hugo était plus que septuagénaire lorsqu'il nous a été donné de le voir : c'était toujours — avec le même front, les mêmes yeux et la même bouche — la même impériale majesté, la même audace et la même douceur.

La parodie, qui est la rançon de la gloire, n'a
pas plus épargné la personne que l'œuvre du poète;
aucune caricature pourtant n'a pu enlever à son
masque l'air de grandeur pensive et de noblesse
grave qui était l'essence même de sa physionomie.
Jamais la poésie ne s'exprima d'une façon plus définitive et plus souveraine sur un visage humain.

Si l'on voulait se borner ici à une de ces biogra-
phies idéales où la convention a plus de part que la
sincérité, il suffirait d'ajouter que le caractère de
Hugo, tel qu'il apparaît à cette époque, dans ses
actes comme à travers ses œuvres, est de niveau et
va de pair à son génie. Mais on ne donnerait ainsi
une idée juste ni de l'homme ni du poète. La vérité
est qu'au milieu de ces hommages et de ces adula-
tions, un immense orgueil se révéla tout à coup
dans le jeune Maître, naguère encore si souple aux
circonstances et si gracieux à ses amis. Ce n'est ni
l'âpre fierté de Chateaubriand, ni la fatuité souriante
et naïve de Lamartine, ni la majesté dédaigneuse
de Vigny, mais comme la conscience d'une mission
divine, une sorte d'adoration pour le temple vivant
où brille la flamme sacrée de l'idéal.

De cette conviction bientôt enracinée en lui et qui
devint l'article premier de son credo intime, découle
la sérénité pontificale dont il affecte désormais de
s'envelopper, et qui n'est au fond qu'une attitude
jugée utile à sa gloire.

Par malheur on put bientôt remarquer que
chaque fois qu'il en sortait, c'était sous le coup

d'une blessure d'amour-propre, comme dans sa que-
relle avec Sainte-Beuve, et que cette souveraineté
spirituelle répugnait, comme toutes les autres, au
partage. Dès 1830, V. Hugo apparaît tel qu'il est
resté jusqu'au bout : il a des sujets, point d'amis ; il
est bienveillant pour beaucoup, dévoué à personne.

A ce caractère, plutôt acquis que naturel, il dut
cette bonne fortune et ce danger de n'être nullement
sensible au ridicule. En vain Villemain le menaça
du rire de Voltaire, et Veuillot du rire plus grave
de Bossuet, il persista à « faire son métier de flambeau », sans s'inquiéter de la disproportion qu'on
pouvait relever entre ses défaillances d'homme et
sa prétention d'apôtre. Les charges et les parodies
le laissèrent insensible, et cette hautaine indifférence ne contribua pas peu à la dignité de son art.
Il s'habitua ainsi à ne tenir aucun compte de ces
nuances de sentiment et d'opinion qui se résument
dans le mot de *tact*, et sa renommée, sinon sa
gloire, en souffrit plus d'une fois. Seul peut-être des
compagnons de la première heure, Th. Gautier lui
resta fidèle, et dans son attachement on démêle plus
d'admiration que d'affection véritable.

Mais en 1830 la ferveur de la lutte ne laissait
point de place à des réserves de ce genre ; le romantisme poursuivait sa marche et cherchait hors du
drame une expression nouvelle. Ses principes esthétiques s'appliquaient mieux encore à l'interprétation
de la nature physique qu'à celle de l'âme humaine :
on a vu plus haut que les procédés essentiels sui-

vant lesquels V. Hugo invente et compose les caractères ne font que traduire les dispositions organiques de sa sensibilité; le monde moral où se meut
l'art dramatique ne pouvait donc pas lui suffire,
malgré la surcharge de décors et de costumes imposée à l'intrigue. Le roman au contraire, avec les
descriptions qu'il comporte, la constante harmonie
qu'il permet d'établir entre les hommes et les choses,
offrait un domaine illimité au besoin qui le tour-
mentait de figurer tout sentiment et toute pensée.

Si l'on écarte le drame qu'elle contient et qui rentre
dans la formule ordinaire, *Notre-Dame de Paris* est
une œuvre d'imagination exclusivement physique
où se retrouve, à tout instant, la sensation sous la
fantaisie et où la précision du détail littéraire révèle
avant tout l'acuité de la vision. Partout l'intention
apparaît de lier l'aspect physique de l'être ou de
l'objet à la disposition ou à la signification que le
poète veut lui prêter. Est-ce à V. Hugo seul qu'il faut
rapporter cette tendance de l'esthétique nouvelle?

Dès 1822, Nodier remarquait les « usurpations
réciproques de la poésie et de la peinture dont le
romantisme a été le prétexte ». L'explication qu'il
en donnait n'avait rien de glorieux pour l'école :
selon lui, « le genre descriptif a pour unique objet
de fournir de suprêmes ressources aux nations
avancées chez lesquelles les plus précieuses sources
de l'inspiration morale n'existent plus.... Chez les
peuples vieillis, il n'y a plus rien à décrire que la
nature, qui ne vieillit jamais. De là résulte, à la fin

de toutes les sociétés, le triomphe inévitable des
arts d'imitation sur l'invention et le génie. »

La théorie ne va pas sans objections : le souci de
la description apparaît tardivement dans l'histoire
littéraire des peuples, parce qu'il suppose un état
d'âme très complexe, où entrent la perception affinée
de l'espèce de beauté dont toute forme naturelle est
susceptible, le sens de l'étroite connexion qui lie le
monde à l'homme, l'intelligence des rapports subtils
et cachés qui font l'unité de la vie universelle, toutes
choses qui sont caractéristiques d'une philosophie
avancée plutôt que d'une poésie décadente. Tout au
plus peut-on dire que la prédominance de la description trahit, chez les écrivains, le besoin de
renouveler l'imagination et la langue d'où ils tirent
les matériaux de leurs œuvres. Mais ce besoin peut
provenir d'une cause autre que l'indigence du génie
national ou l'usure de ses ressources ; il peut s'expliquer par la conception d'un idéal plus vivant et de
moyens plus propres à le traduire, ce qui était le
cas de la littérature française lors de l'avènement du
romantisme. D'ailleurs il ne convient pas de dis-
cuter ici la valeur intrinsèque d'un procédé littéraire
que les romantiques n'ont point inventé ; mieux vaut
rechercher quel usage ils en ont fait.

M. Biré n'accorde à V. Hugo que l'invention d'un
seul des éléments groupés dans sa doctrine, du *grotesque* ; encore en rapporte-t-il le mérite à l'art du
moyen âge, que le hasard des circonstances a révélé
au poète et qui lui a fourni tous ses modèles. C'est

vraiment dépasser la mesure. D'abord le mot « grotesque » n'exprime que la formule passagère donnée
par la mode à une fantaisie créatrice qui se retrouve
la même dans *la Légende des siècles* que dans *Notre-
Dame*, la même dans *Quatre-vingt-treize* que dans
les Misérables. Ensuite n'est-il pas évident que si
V. Hugo s'est épris de l'art gothique, au moment
précis où s'éveillait son génie, c'est qu'il y trouvait comme une réalisation anticipée de ses rêves,
l'exemple de ce que peut l'imagination échappée à
la règle, la preuve enfin, obscurément cherchée, que
le Beau ne réside point uniquement dans l'ordre, la
mesure et l'unité, comme le prétendaient les classiques? Comment la puissance d'évocation violente,
heurtée, déséquilibrée — qui avait fait surgir
Bug-Jargal au milieu de l'harmonieux parterre des
Odes, et qui, à côté de Cromwell, de l'Angely et
d'Hernani, dressait maintenant Claude Frollo et
Quasimodo — ne se fût-elle pas immédiatement
accommodée de ces étranges figures, encadrées
sous le portail de la maison de Dieu, de ces dogues,
de ces monstres, de ces démons et de ces guivres
enroulés autour des chapiteaux du saint lieu? Le
moyen âge lui offrait une double antithèse, un contraste de fond et de forme : un diable qui officie, un
religieux qui fait des gestes obscènes, un vieillard
qui caresse une jeune fille, une hideuse sorcière qui
étale sa nudité comme pourrait le faire Aphrodite,
voilà les types les plus frappants que consacre la
sculpture des cathédrales. V. Hugo fut ravi d'y

trouver la confirmation du secret instinct qui le poussait à chercher la réalité de la vie dans la complexité des éléments qu'elle associe, comme il cherchait la puissance de l'art dans l'opposition des termes que celui-ci met en œuvre.

Mais il ne s'en tint point à la grossière imitation que lui suggérait la pierre. Il y a bien quelque chose de « gothique » dans *Notre-Dame de Paris*, quelque chose de conventionnel, qui trahit le temps où le livre a paru : c'est la déviation de toutes les images dans le sens purement arbitraire de l'anomalie et de l'étrangeté. Seulement ce n'est pas là l'essentiel de la méthode : et l'imagination du poète ne tardera pas à se délivrer de ce reste de servitude. Romantique, on peut dire qu'il le fut toute sa vie, si l'on songe aux profondes harmonies qui relient sa doctrine littéraire et son tempérament individuel ; au moins faut-il ajouter que son romantisme s'est dégagé peu à peu des préjugés d'origine, et que, sans se rapprocher peut-être beaucoup de la peinture exacte et indifférente de la réalité — que lui interdisait la nature même de son génie, — il s'est attaché à traduire, avec une personnalité de plus en plus énergique et indépendante, sa vision propre du monde.

CHAPITRE V

L'AGE MUR ET LA POLITIQUE

Les douze années pleines d'œuvres qui séparent
N.-Dame de Paris des *Lettres sur le Rhin* représentent la complète expansion et le parfait équilibre
de l'imagination chez V. Hugo. Outre les drames,
que nous avons déjà énumérés, quatre recueils de
vers se succèdent, qui contiennent peut-être la plus
haute expression de la poésie personnelle en France :
les *Feuilles d'automne*, les *Chants du crépuscule*, les
Voix intérieures, les Rayons et les Ombres. De tout
cela, la marque romantique a disparu, j'entends
le décor de la légende et le bric-à-brac de l'histoire,
le costume et la langue du genre « frénétique ». La
formule « gothique » est laissée aux disciples attardés
dont Th. Gautier nous a tracé un si amusant portrait
dans Elias Wildmandstadius des *Jeune France*. Bon
pour ceux-là de borner leurs rêves aux « clochers
déchiquetés, aux aiguilles évidées, aux pignons tail-

dés en scie, aux croix à fleurons, aux guivres et
arasques montrant les dents à l'angle des toits » :
e Maître élève ses regards au-dessus de ce pitto-
esque attirail et de toute la fantasmagorie qui s'y
attache, et il les fixe sur la nature que le roman-
isme n'a encore employée que comme accessoire.
Déjà le voyage aux Alpes, puis les longues prome-
ades autour de Paris lui ont révélé le trésor d'images
t d'idées associées que le ciel et la montagne offrent
u poète dégagé des partis pris d'école : la mer va
ui ouvrir un horizon nouveau.

Ainsi son génie s'élargit et s'assouplit de plus en
plus, sans cesser d'être personnel, car son œil ne
eçoit pas comme un miroir banal le monde vibrant
le couleurs et de formes qui l'assaille du dehors :
out cela prend, en pénétrant en lui, l'empreinte de
sa sensibilité propre et de son originale imagination.

Un jour viendra où cette empreinte même, tou-
ours présente à la conscience de l'écrivain, sera
considérée par lui comme une espèce de modèle, de
type idéal qui servira, à son tour, à fausser les impressions nouvelles. Mais, au temps de la *Tristesse
d'Olympio*, d'*Oceano nox*, alors qu'il décrit la *Vache*,
le *Carillon*, aucune manière voulue ne se laisse encore
surprendre : c'est l'expression directe et sincère des
facultés natives que la crise du romantisme a déli-
vrées de toute entrave.

Ce radieux épanouissement devait finir par imposer l'admiration aux adversaires même et aux
rivaux de V. Hugo. En 1841, l'Académie s'ouvrit

devant lui, consacrant la révolution qu'il avait accomplie. Mais une victoire purement littéraire ne pouvait
lui suffire : les années et les événements n'avaient
fait que confirmer l'idée du rôle qu'il attribuait au
poète. Il lui sembla que l'heure était venue d'entreprendre la mission sociale qu'il rêvait. Déjà dans le
Dernier Jour d'un condamné, dans *Claude Gueux*,
dans certaines pages de *Littérature et Philosophie
mêlées*, il avait laissé percer l'intention d'agir sur
son époque par des moyens plus directs que des
fictions imaginaires. Il résolut de frapper un grand
coup, et partit pour les bords du Rhin, avec la
volonté formelle d'en rapporter à la fois un drame
qui résumât, comme un monument de gloire, toute
la civilisation féodale disparue, et un livre qui traçât
la voie à la civilisation nouvelle encore hésitante.

Le trait caractéristique, c'est qu'il allait chercher
dans une impression de nature et d'art, *dans un spectacle matériel*, en somme, la formule et la solution
d'un problème d'histoire et de politique : les formes
et les couleurs lui suggéreraient les images d'où
sortiraient spontanément les théories ; dans le simple
aspect des vieux burgs palatins, il devait découvrir
le secret du passé, et pénétrer l'énigme de l'avenir.

L'effet d'une pareille disposition sur l'œuvre qui
suivit est facile à deviner : l'obsession de la grandeur et du mystère, lorsqu'elle préexiste dans l'esprit, avant toute contemplation d'objets grands et
mystérieux, produit le grandiose et l'obscur, et toutes
les fonctions de l'esprit s'en trouvent déviées. Le

poète l'avoue lui-même : « le spectre des choses pas-
sées se superpose, devant ses yeux, aux réalités pré-
sentes, et les efface, comme une vieille écriture qui
reparaît sur une page mal blanchie au milieu d'un
texte nouveau ». Ainsi, à travers l'illusion des traditions romantiques et l'évocation des héros qu'il rêvait
de ressusciter, le décor original, mais sans grande
majesté, du Rhin, cette nature déchiquetée et pittoresque lui apparaît terrible, épique, « eschylienne »,
pour tout dire — car il faut bien que l'idée de théâtre
intervienne ici, pour marquer l'emphase. Les sensations les plus simples s'enflent et s'exaspèrent en
métaphores démesurées. La végétation des bords du
fleuve est « un polype effrayant,... la ligne des collines
ondule comme le ventre d'un boa qui digère, et prend,
dans les grossissements du sommeil, l'apparence d'un
dragon prodigieux qui entourerait l'horizon ». Les
montagnes sont « des géants goitreux et bossus
accroupis dans l'ombre » ; le lac de Goldau, qui
n'est qu'une flaque d'eau, « devient plus horrible et
plus formidable que l'Océan quand le vent souffle ».

L'éclairage de la nuit, dit V. Hugo pour s'excuser,
donne aux choses un aspect excessif et chimérique :
« les profils se dilatent et s'exagèrent ». La vérité
est qu'il voit ainsi à toute heure, quand il s'abandonne
à l'outrance de son imagination.

Il semble, au premier abord, que ce soit là un
simple retour à la méthode romantique, et l'on a
pu dire sans paradoxe que *le Rhin* et *les Burgraves*
continuent *Hernani* et *Notre-Dame*. Mais, à y

regarder de près, ce qui subsiste d'une époque à
l'autre, ce qui relie ces deux moments séparés par
tant d'œuvres, ce n'est pas un système d'esthétique
c'est l'unité même du génie qui se développe à travers toutes ces manifestations, et qui, après avoir
prêté sa formule à l'école en quête d'une doctrine
se retrouve identique et immuable dans la dispersion
des disciples. Si le romantisme eût été pour Victor
Hugo un simple procédé littéraire, une méthode de
style débattue et choisie à loisir, il s'en fût détaché
comme tant d'autres, en voyant le public se déprendre
peu à peu de ce qui l'avait charmé d'abord. Dix
ans après *Hernani*, dit Th. Gautier, « les Français
commençaient à être las de passion, de lyrisme et
de poésie ; le grand mouvement shakespearien
s'arrêtait entravé ». Le triomphe de la *Lucrèce* de
Ponsard était un signe du changement qui s'accom-
plissait dans le goût national. Aussi l'accueil fait aux
Lettres sur le Rhin fut-il médiocre, et *les Burgraves*
tombèrent-ils d'une chute retentissante.

V. Hugo était allé demander à la nature une inspiration nouvelle, lorsqu'il fut foudroyé par la nouvelle
de la mort subite de sa fille Léopoldine, noyée avec
son mari, deux mois après les noces.

Le coup fut d'autant plus sensible qu'il s'abattait
sur une âme déjà cruellement atteinte. Bien des
chagrins et des déceptions, quelques fautes même,
que le public ne put ignorer, avaient altéré l'olym-
pienne sérénité qui en imposait si fort aux fidèles
de 1830. Mais tout vint se fondre dans la douleur

immense qui frappait son cœur de père. Quand on
est tenté de refuser la sensibilité à V. Hugo, il faut
songer à la profondeur de tendresse dont son œuvre
témoigne, comme sa vie, pour ses enfants.

Le poète plia sous la souffrance : longtemps il fut
incapable d'écrire; quand il revint enfin à la Muse,
ce fut pour lui confier, à travers des sanglots sans
cesse renaissants, l'angoisse qui l'étreignait encore.
Veuillot lui-même s'inclina devant « les nobles pensées et les beaux vers consacrés à ce cher souvenir....
Il n'y en a pas de plus beaux, s'écria-t-il, ni dans
la langue française ni dans la langue chrétienne ».
Ces vers sont dans toutes les mémoires, mais on ne
saurait trop souvent les redire ni les entendre :

> Je viens à vous, Seigneur, Père auquel il faut croire;
>   Je vous porte, apaisé,
> Les morceaux de ce cœur tout plein de votre gloire,
>   Que vous avez brisé....
> Dans vos cieux, au delà de la sphère des nues,
> Au fond de cet azur immobile et dormant,
> Peut-être faites-vous des choses inconnues,
> Où la douleur de l'homme entre comme élément....

Rien ne peut diminuer le prix d'une pareille inspiration, ni les critiques dont ce même Veuillot s'avise
tout à coup en remarquant que ce chant de résignation
sublime s'achève en un cri de révolte, ni les réserves
auxquelles d'autres critiques, moins prévenus, sont
conduits par la comparaison de cette page avec vingt
autres, où la même pensée et le même sentiment revien-
nent sous vingt formes différentes. « Faiblesse d'âme »,
dit l'un; désespoir théâtral, dit l'autre; matière à mettre

en vers, procédé d'atelier ». C'est là vraiment trop de
scrupule, et l'âme du lecteur n'en prend pas de souci.
V. Hugo a souffert comme un homme, et il a dit sa
souffrance comme un homme de génie ; la sincérité
du sentiment n'a rien enlevé à la maîtrise de l'art
cela ne rapetisse, en vérité, ni l'art ni le sentiment.

Mais une nature aussi énergique, aussi extérieure
que la sienne ne pouvait se confiner à jamais dans
l'austère silence du désespoir : pour distraire ses
regrets, il se tourna de plus en plus vers l'action
politique et sociale. Nommé pair de France en 1846,
il se signala par de nombreux discours, empreints du
plus ardent libéralisme, et provoqua les plus ardents
reproches sur sa prétendue apostasie. Sa défense d'ailleurs était facile. Dès 1834 il avait, dans sa *Réponse
à un Acte d'accusation*, proclamé le véritable principe
de l'évolution intellectuelle et morale qui s'opérait en
lui : c'est par les images et les mots qu'a commencé
la transformation dont les résultats lointains épou-
vantent maintenant les timides, restés en arrière. Il
s'est d'abord attaqué à la tradition classique, sorte
d' « ancien régime » dont les abus et le privilège
pesaient sur la littérature ; il a « déclaré les mots
libres, égaux, majeurs ». Avant lui, l'ode avait « les
fers aux pieds », le drame était « en cellule » ; c'est
lui qui a pris et démoli la « bastille des rimes »....

Et je n'ignorais pas que la main courroucée
Qui délivre le *mot*, délivre la pensée :
... Tous les *mots*, à présent, planent dans la clarté.
Les écrivains ont mis la langue en liberté....

La liberté dans l'homme entre par tous les pores.
Les préjugés formés, comme les madrépores,
Du sombre entassement des abus sous les temps,
Se dissolvent au choc de tous les *mots* flottants,
Pleins de sa volonté, de son but, de son âme...
... Le mouvement complète ainsi son action.
Grâce à toi, Progrès saint, la Révolution
Vibre aujourd'hui dans l'air, dans la voix, dans le livre
Dans le *mot* palpitant, le lecteur la sent vivre....

Allez au bout de cette explication, et vous verrez
ce qu'elle récèle vraiment : l'inconscient aveu que
toutes les théories politiques et sociales de V. Hugo
sont une conséquence de son système littéraire ou,
pour mieux dire, de son imagination.

Est-ce diminuer le héros que de parler ainsi?
Pour le croire, il faut qu'on se fasse de singulières
illusions sur la raison profonde et la secrète origine
de nos opinions. Le plus souvent, c'est notre éducation qui nous les suggère par influence directe ou
par réaction; parfois nous les devons au hasard
d'une lecture ou d'un entretien, à la faveur spéciale
d'une bienveillance ou d'une amitié. Je ne veux point
parler des cas où la nécessité les impose, où l'intérêt
les conseille. Pour combien de nous peut-on affirmer
qu'elles découlent de la pure raison, ou du libre
choix de la volonté éclairée ? N'en doutons pas, ceux-
là méritent la louange et l'admiration qui, comme
V. Hugo, ont trouvé en eux-mêmes la source de leurs
convictions, ceux pour qui les idées directrices de
la conduite sont encore une expression de leur personnalité, chez qui, enfin, une faculté maîtresse
réalise l'unité de la vie.

L'attitude de V. Hugo après la révolution de 184*
n'est que la conséquence étroite de celle qu'il avai*
prise dès 1845, et celle-ci n'est elle-même qu*
l'expression pratique des théories de 1830. Il y *
un romantisme politique, comme il y a un romantisme littéraire, et l'analyse n'a point de peine à e*
démêler les éléments, l'outrance lyrique et décla-
matoire, le goût des mesures à effet, la croyanc*
aux formules saisissantes et aux solutions simples

C'est à la tribune surtout que se manifesta cett*
disposition; bien qu'il ne faille point prendre à l*
lettre les comptes rendus envenimés de Veuillot, i*
est certain que V. Hugo n'y fit pas figure digne d*
son génie. Les conservateurs qui l'avaient élu s'in-
dignèrent de voir qu'il entendait autrement qu'eu*
la conservation sociale. Ce devint bientôt un mo*
d'ordre de l'empêcher de parler : dès qu'il se levai*
on affectait de lui jeter à la tête quelques vers d*
ses ballades et de ses guitares. « Et Sabine? Où es*
Doña Sabine? Quelqu'un d'ici a-t-il vu Doña Sabine*»

Un conflit avec Montalembert, qui ne voulut pa*
se souvenir de leur ancienne liaison, ne lui fut pa*
favorable. Au moment où le poète s'asseyait, entour*
des félicitations de la Montagne qu'il venait de con-
quérir par son discours sur les affaires de Rome*
le grand orateur catholique étendant la main ver*
l'ami d'antan l'écrasa par ce dédaigneux exorde*
« Le discours que vous venez d'entendre a déjà reç*
le châtiment qu'il mérite : je parle des applaudisse-
ments qui l'ont accompagné... ».

Maintenant que toutes les passions sont tombées, il faut bien avouer que la tribune ne convenait pas à V. Hugo. Il y apportait d'abord une recherche de la forme pittoresque et saisissante, une préoccupation de l'antithèse, une habitude d'enflure et de métaphore qui ne sied point à l'éloquence parlementaire : « Le peuple laissera vos lois enfoncer leurs pauvres petits ongles dans le granit du suffrage universel ». Ce n'est point avec de pareilles phrases qu'on mène une majorité. Veuillot put railler, avec une apparence de raison, le « pédant » qui fait intervenir à tous propos Escobar, Torquemada, Loyola, « le rhéteur boursouflé qui parle non avec des idées et une âme, mais avec des breloques et des poumons,... moulin à rimes qui jamais n'a jeté un mot de quelque poids dans la balance des opinions ».

Il y porta aussi cet incommensurable orgueil qui l'empêchait de distinguer entre ce qu'il faut dire ou taire, entre les outrages qu'il faut relever ou ne pas entendre. La droite, qu'il venait d'abandonner, lui crie un jour le mot de *suspect*. « Quoi, je vous suis suspect? réplique-t-il stupéfait. Vous le dites? vous osez le dire? » Et les clameurs redoublent. Une autre fois, pendant qu'il parle, une image plus audacieuse que les autres éveille la gaîté de l'assemblée. Le poète se fâche, on rit plus fort. « Vos rires seront au *Moniteur*, s'écrie-t-il. Greffier, écrivez qu'on a ri. » Vous devinez si l'hilarité redouble.

Il n'est pas jusqu'au caractère de Hugo qui ne se soit ressenti de ce périlleux passage à travers la vie

publique. L'amour-propre blessé le conseilla mal ;
il laissa trop voir qu'il souffrait et se souvenait.
Veuillot paya cruellement, quelques années plus
tard, l'injustice et la violence de ses critiques. Le
Maître dépassa sûrement la mesure en le traitant
d'espion, de mouchard et d'escroc.

Des railleries, des injures, des rancunes, c'est
tout ce qui resta au poète de ces cinq années perdues
pour sa gloire autant que pour sa tranquillité. Son
intervention ne fut pas une seule fois heureuse. Il
vota contre la peine de mort et la déportation, pour
toutes les lois de clémence et de réparation sociale
qui furent proposées ; mais il les vota en rêveur
plutôt qu'en homme d'État, sans présenter aucun
projet efficace. Il prétendit toujours être, et il était
vraiment de ceux qui veulent supprimer la misère :
mais il ne fut d'aucun secours aux socialistes et aux
économistes qui cherchaient le moyen d'en alléger
le fardeau, trop lourd aux épaules du peuple.

On sait comment l'attentat du Deux-Décembre mit
fin à sa carrière d'orateur et de parlementaire. Pendant que Baudin se faisait tuer sur la barricade du
Faubourg Saint-Antoine, V. Hugo, sauvé par de
fidèles amis, se réfugiait à Bruxelles, puis à Jersey,
enfin à Guernesey où il trouvait asile, en vue de
cette terre douce et triste de France,

Tombeau de ses aïeux et nid de ses amours.

CHAPITRE VI

L'EXIL. LE RETOUR. LES DERNIÈRES ANNÉES

Le coup qui frappait si durement la personne du poète fut une bonne fortune pour son génie. L'exaltation du cœur réveilla toutes ses énergies mentales, et paracheva ses qualités natives de puissance et d'éclat.

On vit apparaître un autre Hugo, non plus olympien, ni impassible, mais réellement animé du « délire sacré », de la colère vengeresse que les anciens prêtaient à l'élu d'Apollon. En même temps que le type le plus parfait de l'éloquence poétique, les *Châtiments* réalisent un nouveau genre littéraire, qu'on a justement appelé la « satire lyrique », mélange d'invectives et de fantaisie, d'ironie brutale et de délicate rêverie, qui reste, dans toute l'histoire, sans antécédent véritable, car ni Archiloque, ni Perse, ni Juvénal, de qui V. Hugo se réclame, ne peuvent soutenir la comparaison avec lui.

C'est qu'une occasion unique était fournie au
poète de mettre en œuvre des dons de nature encore
ignorés de lui-même, et d'épancher une réserve
d'amertume formée par dix années de chagrins,
d'insuccès, d'ambitions avortées. L'explosion fut
éblouissante et formidable, et l'allégresse de la création heureuse surexcita encore le sentiment d'où elle
était née, mais en le transposant, en le spirituali-
sant, pour ainsi dire, en substituant un moyen d'art
aux cris égoïstes de la passion. Le souci esthétique
prit enfin le dessus, et la vie calme et laborieuse
ressaisit le Maître, dont l'imagination allait subir une
dernière crise. Elle vint du spectacle continu auquel
l'obligeait son séjour d'exil, et qui était fait, plus
que tout autre, pour favoriser la suprême expression
de son tempérament d'artiste.

Il y a entre l'imagination de V. Hugo et la mer
une harmonie de nature dont lui-même n'avait pas
encore conscience lorsqu'il cherchait, au Nord et au
Midi, des lieux de pèlerinage : son œil, avide de
formes puissantes et précises, se plaisait alors aux
aspects de la montagne qui lui suggéraient d'innombrables métaphores; mais la matière était épuisée
lorsqu'il découvrit l'Océan.

C'est dans la solitude de Jersey qu'il fit cette
découverte ; il comprit aussitôt que seule cette
immensité mouvante, qui est par elle-même une per-
pétuelle antithèse, avec ses caprices, ses bonds
subits et ses brusques détentes, sa mollesse aussi et
sa grâce azurée, pouvait rassasier son excessive et

protéique imagination. La mer, c'est à la fois la
montagne et la forêt, la plaine et la ravine, c'est le
fleuve, l'étang et le ruisseau, c'est toute la terre que
le flot baigne, c'est tout le ciel qu'il reflète.

La mer tient une large place dans les *Châtiments*,
qui portent ainsi la double trace de l'exil : violences
exaspérées où s'exprime, sous le coup d'une indi-
gnation accidentelle, l'outrance naturelle au poète.
— élargissement de l'horizon ouvert à sa fantaisie,
rénovation des couleurs et des formes usées par
vingt-cinq ans de romantisme.

Ainsi exaltée, rajeunie et lâchée dans l'infini, l'imagination de Hugo s'empare de toutes les avenues de
sa pensée : plus de perceptions simples, plus d'idées
abstraites; un seul procédé de conception et d'expression, la métaphore, et la métaphore de plus en
plus indépendante du monde extérieur, de plus en
plus subordonnée à l'état des nerfs et de l'âme. Ce
penchant à l'hallucination s'accentue à mesure que
le voisinage constant de la mer, la prédominance
du tempérament sanguin fouetté par la brise salée,
l'approche de la vieillesse, concourent à affaiblir
chez le poète les impressions directes et précises,
et à surexciter sa sensibilité cérébrale.

Les *Contemplations*, qui parurent trois ans après
les *Châtiments*, ne présentent pas la même homo-
généité : la seconde partie seule est postérieure à
l'exil. Ici même le ton est différent : les colères du
premier moment se sont évanouies dans le grand
souffle de l'Océan, comme un nuage dans la tempête.

V. Hugo réfléchit que tout ce qui l'indigne dans le temps présent n'est qu'une fantasmagorie éphémère qu'un coup de vent emportera; il continue à faire « son devoir de flambeau ». Deux admirables pièces, *les Mages* et *Ce que dit la bouche d'ombre*, résument le rôle prophétique du poète et esquissent la « vague figure de l'avenir » qui s'ébauche dans l'obscurité de l'ère finissante. Ce n'est plus dans le spectacle des ruines humaines que V. Hugo cherche le mot de l'énigme, c'est dans la contemplation de la nature même, dépositaire de l'éternelle vérité :

> Tout parle, l'air qui passe et l'alcyon qui vogue,
> Le brin d'herbe, la fleur, le germe, l'élément.
> T'imaginais-tu donc l'Univers autrement?...
> Non, tout est une voix et tout est un parfum.
> Tout dit, dans l'infini, quelque chose à quelqu'un.

Le monde a un sens et le Bien doit triompher :

> Le mal expirera; les larmes
> Tariront : plus de fers, plus de deuils, plus d'alarmes...
> Les douleurs finiront dans toute l'ombre; un Ange
> Criera : *Commencement!*

Cette foi, V. Hugo la puise dans le sentiment du devoir et dans l'optimisme qu'engendre la constante vision de l'Idéal. « Autour de moi tout est horreur et nuit.... Je suis content! » crie-t-il au spectre du marquis de C. d'E. qui lui reprochait, dix ans avant, son apostasie. Le malheur n'est pas dans la souffrance, ni dans la torture, ni dans l'abandon, ni dans l'ignominie même :

> J'ai vu, dans cette obscure et morne transparence,
> Passer l'homme de Rome et l'homme de Florence,

Caton au manteau blanc, et Dante au fier sourcil,
L'un ayant le poignard au flanc, l'autre l'exil :
Caton était joyeux et Dante était tranquille....

Cette philosophie de la vie et de l'histoire qui,
par la croyance au progrès, réhabilite le passé en
qui elle voit germer l'avenir, qui exagère même les
vices et les crimes d'Hier, pour mieux faire ressortir
la splendeur espérée de Demain, est l'âme de *la
Légende des siècles* qui parut quelques mois après
les *Contemplations*. Dans la préface symbolique
placée en tête de l'œuvre — la *Vision d'où ce livre
est sorti,* — V. Hugo en résume l'esprit et le sens en
une image grandiose : le « mur des siècles » lui
apparaît en rêve, fait de « deuils, de pleurs, d'épou-
vantes », cimenté d'ombre. Le poète, avide de percer
le mystère de cette nuit compacte, s'acharne à la
contempler, de toute « la fixité calme et profonde »
de ses yeux. Peu à peu l'abîme s'éclaircit :

Cette muraille, bloc d'obscurité funèbre,
Montait dans l'Infini, comme un brumeux matin,
Blanchissant par degrés sur l'horizon lointain.
Cette vision sombre, abrégé noir du monde,
Allait s'évanouir dans une aube profonde,
Et, commencée en nuit, finissait en lueur....

L'étrange poème qui a nom le *Titan* nous montre
Phtos découvrant ainsi, par delà les derniers rem-
parts de la matière qui voilent l'horizon, l'adorable
évidence à laquelle son âme aspire.

Lui, comme s'il voulait, de ses deux bras ouverts,
Arracher le dernier morceau de l'Univers,
Se baisse, étreint un bloc et l'écarte.... O vertige !
O gouffre ! l'effrayant soupirail d'un prodige

Apparaît; l'aube fait irruption; le jour,
Là, dehors, un rayon d'allégresse et d'amour
Formidable, aussi pur que l'aurore première,
Entre dans l'ombre, et Phtos, devant cette lumière,
Brusque aveu d'où ne sait quel profond firmament,
Recule épouvanté par l'éblouissement....

Telle est la théorie, déjà ébauchée à la fin des *Contemplations*, qui vient couronner la philosophie du Maître : par delà les contrastes et les oppositions qui se partagent la vie et la pensée, apparaît le terme final, l'idéal suprême où les contraires se réconcilient, où les luttes expirent. Là tendront et convergeront toutes les œuvres postérieures de Hugo, *les Misérables, les Travailleurs de la mer, l'Homme qui rit*, surtout les dernières pages tombées de sa main vieillissante, *le Pape, Pitié suprême, Religion et religions, l'Âne, Torquemada.*

Mais c'est trop s'arrêter à la question de doctrine; *la Légende des siècles* n'est pas un traité de philosophie, c'est une série de poèmes, sans précédents depuis la *Chanson de Roland*, dans notre littérature. « Les Français n'ont pas la tête épique », avait dit Goethe, et nous l'en croyions sur parole. En lisant *la Conscience, Aymerillot, le Satyre*, il fallut bien se rendre à l'évidence, et restituer à notre génie national un genre consacré par tant de chefs-d'œuvre.

Dans l'évolution qui l'entraînait à travers toutes les formes de la poésie, V. Hugo devait rencontrer l'épopée au passage et y trouver un terrain merveilleusement apte au développement de ses dons naturels. Il avait l'instinct de la grandeur, telle que l'esprit populaire l'imagine, emphatique et démesurée, le sens inné de cet héroïsme verbal, familier aux rhéteurs, qui donne au moins l'illusion du sublime par l'affectation de la simplicité, enfin l'intuition confuse de la barbarie primitive, des mœurs anormales et saisissantes dont la préhistoire conserve le lointain souvenir. Au XIXᵉ siècle, il n'est guère d'autres ressorts possibles pour l'épopée. Pas une pièce de *la Légende* où ces caractères ne se retrouvent, dans la brièveté de la formule poétique :

Ce bâton me suffit : il déracine un chêne....
Et n'ayant plus d'épée, il leur jetait des pierres....
Le lendemain, Aymery prit la ville....

C'est là la marque propre de Hugo, ce qu'il ajoute au récit dont il s'inspire, qu'il va même parfois jusqu'à copier intégralement [1], sûr d'y mettre la touche du génie en laissant intervenir son imagination au moment voulu.

L'effet est le plus souvent obtenu par des procédés sommaires et symétriques qui excluent toute nuance et toute gradation. La conception, par trop simpliste, du monde qui en résulte doit être rapportée à l'imagination du poète, et ce serait méprise que de s'en prendre à sa raison ou à son cœur. Un des plus fins critiques de notre temps, plus souple d'ordinaire aux exigences du relativisme, M. Jules Lemaître, se

1. *Aymerillot* est la reproduction à peu près exacte d'un épisode de la *Romance de Roland*, que M. Achille Jubinal avait insérée, sous le titre de *Château de Dannemarie*, dans une nouvelle du *Magasin pittoresque* (1841).

déclare « fâché de constater qu'ayant vécu dans le siècle qui a le mieux compris l'histoire, V. Hugo n'ait vu dans l'humanité qu'un immense Guignol apocalyptique, où les papes et les rois apparaissent tous comme des porcs et des tigres... ». De même, passant en revue ses romans, M. Émile Faguet regrette de ne trouver dans les personnages que des types abstraits, et conclut que « V. Hugo, qui avait assez d'âme pour en donner aux pierres, n'en avait pas assez pour en donner aux hommes ». Veut-on prouver par là que V. Hugo ne fut ni un historien, ni un psychologue, ni même un moraliste? Ce n'est guère la peine de l'établir. Mais il fut le plus prodigieux visionnaire qui ait jamais pénétré les formes du monde matériel pour les asservir aux lois de son esprit et les traduire en images pleines de sens. Et cela suffit à donner la clef de ses jugements comme de ses fictions.

Vers la fin de l'exil — par un concours de circonstances où entraient des éléments bien divers, les uns d'ordre idéal, comme la croyance au triomphe final de la justice, les autres d'ordre personnel, comme l'assurance d'une gloire maintenant incontestée, et, sans doute aussi, l'espèce d'attendrissement qui s'empare si souvent des natures énergiques aux approches des années critiques de la vie, — l'esprit altier du Maître parut tout à coup se détendre. Après tant de drames et d'épopées on le vit, non sans surprise, s'éprendre de bergeries et d'imaginations sensuelles. La préface des *Chansons*

les rues et des bois expliqua au monde que Pégase
surmené voulait être « mis au vert ».

Ce fut, pendant l'espace de mille ou douze
cents vers, une véritable débauche de fantaisie bouf-
fonne, de gaîté rabelaisienne, de vulgarité même,
acceptée ou cherchée, qui n'enleva rien à l'admiration de ses partisans, mais qui inspira aux autres
quelques doutes sur l'unité profonde de son génie.
La difficulté de concilier des manifestations si contradictoires d'apparence n'était pas sérieuse : l'unité
de ce génie, nous l'avons dit déjà, n'est ni dans les
idées, ni dans les opinions, ni même dans les préoccupations du poète, elle réside en sa faculté maîtresse, l'imagination, qui se retrouve toujours, semblable et entière, à travers les plaisanteries épiques
et les idylles colossales des *Chansons* comme à travers la hautaine création de la *Légende*.

Le 4 septembre 1870 ouvrit à V. Hugo les portes
de la patrie qu'il n'avait jamais voulu franchir, malgré
les amnisties, tant que la Liberté n'y serait pas rentrée avant lui. Le grand vieillard s'enferma dans
Paris assiégé, et souffrit avec ce peuple qui commençait à lui vouer un idolâtre amour. Un volume
de vers, tout vibrant de patriotisme et de génie, nous
conserve le souvenir de l'*Année terrible* qui vit les
luttes fratricides de la Commune s'ajouter aux hor-
reurs de l'invasion étrangère.

La pensée du Maître était ainsi ramenée aux soins
de l'action politique et sociale qui, depuis vingt-cinq
ans, n'avait cessé de le hanter. Le roman de *Quatre-*

vingt-treize (1874) fut une nouvelle affirmation de sa
foi en la Révolution et en l'avenir qu'elle avait ouvert
à la France. Paris y applaudit avec enthousiasme et
élut V. Hugo sénateur, le 30 janvier 1875. Deux
publications destinées à rattacher le passé du poète
à son présent se succédèrent en quelques mois :
Actes et paroles et l'*Histoire d'un crime*.

Il ne désertait pourtant pas la pure imagination :
en 1877 paraissait la nouvelle série de *la Légende
des siècles*, à peine inférieure à la première, qui
reste le chef-d'œuvre poétique de notre siècle. Puis
vint *l'Art d'être grand-père*, un recueil d'exquises
poésies où le Génie souverain s'incline aux sublimes
enfantillages de la paternité ; puis *le Pape, la Pitié
suprême, Religion et Religions, l'Ane, les Quatre
Vents de l'esprit* et enfin *Torquemada* où l'on n'a pas
de peine à retrouver les mêmes traits de nature et
les mêmes principes esthétiques que dans *Hernani*,
avec une puissance plus raide, des procédés plus
simples et plus dédaigneux de la tradition théâtrale[1].

V. Hugo « entra vivant dans l'immortalité » : on
peut dire que ses dernières années furent une longue
apothéose. Divers éléments entraient dans la popu-
larité sans exemple, dans le culte respectueux dont
Paris et la France entourèrent sa glorieuse vieil-

---

1. On sait que V. Hugo a voulu se survivre à lui-même et
donner encore à ses arrière-neveux l'illusion de la produc-
tion incessante et mesurée dont il s'était fait une loi : Tous
les deux ans paraissent des ouvrages inédits du Maître. Ainsi
ont été publiés le *Théâtre en liberté, la Fin de Satan, Choses
vues, Toute la lyre, les Jumeaux, En voyage, Dieu*, etc.

sse. D'abord ses idées politiques et sociales, mûries dans l'exil et justifiées par la fin de l'aventure impériale, sortaient enfin des brumes de l'utopie, et semblaient entrer dans la voie de la réalisation pratique par le retour du régime républicain et l'avènement aux affaires de ceux qui se proclamaient ses disciples.

Ensuite la France voyait en V. Hugo l'image fidèle de son propre génie, une sorte de « héros » personnifiant l'esprit national dont une étrange prédestination le faisait, depuis trois quarts de siècle, le souple et constant interprète. Elle aussi avait cru aux Bourbons, à la puissance réparatrice de la légitimité, après la sanglante épopée napoléonienne ; puis, comme lui, elle s'était aperçue qu'en changeant le maître, elle avait perdu la gloire sans retrouver la liberté : alors elle s'était attachée, à travers les changements de personnes et d'institutions, à poursuivre l'affranchissement toujours espéré de l'action comme de la pensée. D'abord enthousiaste des promesses de 1848, elle avait redouté l'explosion des passions démagogiques, tenté l'essai d'une organisation parlementaire de la souveraineté nationale, et vu tout à coup son rêve interrompu par le coup d'État. Enfin, elle se réveillait d'une torpeur de dix-huit ans, et retrouvait à son côté le conseiller fidèle qui l'avait plainte sans la maudire au temps de l'opprobre, et dont elle admirait maintenant la sagesse prophétique.

Il lui apparaissait ainsi, étant à la fois semblable

à elle et meilleur qu'elle, comme une sorte de pontife
chargé de lui montrer l'Idéal et d'en maintenir le
culte. Un des hommes les plus pratiques, les plus
positifs qui aient jamais existé, M. Thiers, a dit avec
une raison profonde qu'il faut qu'il y ait des uto-
pistes pour rappeler aux autres que la vie ne tient
pas tout entière dans le moment présent, que l'humanité marche vers un but toujours fuyant, et qu'elle
doit éternellement se révolter contre ce qui est par
égard pour ce qui doit être. C'est ce que le sens
commun semble parfois deviner lorsqu'il fait éclore
des popularités semblables à celle de V. Hugo. Assurément les œuvres du maître n'étaient pas familières
au million de personnes qui se pressèrent derrière
son cercueil : combien ignoraient jusqu'au titre, jusqu'au sujet de ses romans et de ses poèmes! Mais
tous sentaient que quelqu'un de grand et d'utile dis-
paraissait, et que ce jour de mai 1885 était un jour
de deuil pour la patrie et pour l'humanité.

C'est à cette sorte de piété reconnaissante qu'il
dut son apothéose, plutôt qu'à une prépondérance
réelle et présente de son génie dans le monde de la
pensée. La littérature s'était renouvelée, tandis qu'il
semblait rester l'homme d'une formule et d'un système. Aussi l'expression sentimentale domina-t-elle
dans les adieux que lui firent les penseurs et les
poètes : on ne marchait plus sur ses traces, mais on
se souvenait qu'il avait ouvert la voie, on n'osa pas
l'appeler « maître »; on l'appela « père »!

DEUXIÈME PARTIE

LES SOURCES

CHAPITRE I

LA PSYCHOLOGIE D'UN POÈTE

V. Hugo est à la fois le plus populaire des écrivains français et le mieux connu des lettrés. D'innombrables études ont été consacrées à l'analyse, à
l'examen, à l'appréciation de ses ouvrages; mais il
nous semble qu'après tant de travaux d'approche, un
effort est encore nécessaire et possible pour pénétrer l'unité profonde de l'esprit dont nul n'ignore les
multiples manifestations. A travers l'œuvre il reste
à découvrir l'ouvrier, et une telle recherche ne sera
jugée sans doute ni banale ni superflue. C'est pour
ne l'avoir pas tentée qu'on a pu commettre l'étrange
erreur de dire que « V. Hugo s'est renouvelé quatre
ou cinq fois [1] », alors que, depuis 1825 jusqu'au der-

---

1. M. Francisque Sarcey.

nier jour, son génie n'a fait que se développer de la
façon la plus logique et la plus rigoureuse.

Encore ne faut-il pas considérer ce *génie* comme
un principe transcendant, une essence simple et irré-
ductible, dont l'étude serait du ressort d'une espèce
de psychologie métaphysique. Toute personnalité,
littéraire ou non, est une idée générale, une formule synthétique qui ne peut se définir que par la
décomposition de ses divers éléments : le « génie
de V. Hugo », c'est l'ensemble des origines et des
conditions de la faculté créatrice, très complexe,
qu'il a portée dans le domaine de l'imagination
poétique, et un tel ensemble ne répugne point à
l'analyse.

L'application de cette méthode à la critique littéraire n'a rien de paradoxal, et Sainte-Beuve l'a ample-
ment justifiée. Elle a sans doute quelque chose de
mécanique qui paraît plutôt convenir aux procédés
de la science qu'à ceux de l'esthétique : les délicats
trouveront que c'est « matérialiser » le génie que
de le traiter comme une résultante de causes déter-
minées. Mais c'est apparemment le seul moyen de
sortir du mystère : la poésie n'est en somme que
l'expression des états d'âme du poète, et le secret de
l'œuvre ne peut être cherché ailleurs que dans les
sources profondes d'où dérive le caractère original
de l'écrivain.

M. Taine a exprimé un jour le regret que les
peintres, les poètes, les romanciers ne trouvent pas
plus souvent un ami psychologue pour les observer

et les interroger sur la manière dont ils sont immédiatement affectés par les objets extérieurs. Il
existe pour chacun de nous un « rythme spécial
de l'appareil des sens » auquel tient notre connais-
sance de l'univers avec les rêves qu'elle entraîne.
Et le tour d'imagination esthétique, personnel à
chaque individu, la façon dont les figures se forment
dans son esprit, l'intensité avec laquelle elles s'impo-
sent, l'ordre dans lequel elles se présentent, dépen-
dent avant tout des conditions dans lesquelles l'impression première se produit en lui.

Des témoignages directs sur les données élémentaires de la sensibilité chez un artiste digne d'attention seraient donc d'un inestimable intérêt pour la
critique psychologique. Malheureusement les biographes ne prennent d'ordinaire aucun souci de lui
préparer de semblables documents, et les origines
de la fantaisie créatrice restent dans l'ombre.

Nulle part cette ignorance n'apparaît plus fla-
grante, plus choquante même qu'en ce qui concerne
V. Hugo. Les admirateurs et les amis qui ont vécu
près de lui ne se sont jamais avisés que, pour l'intelligence d'un poète aussi enclin à associer l'idée à la
sensation et à l'image, le détail de la vie matérielle
a une importance capitale. Non seulement ils ne
nous apprennent rien de ses habitudes physiques,
de son impressionnabilité organique et cérébrale,
de ses facultés de perception et d'observation, mais
ils n'ont pas eu l'idée de noter, au jour le jour, les
voyages ou les courses qu'il faisait, les choses qu'il

voyait, les livres qu'il lisait, les récits qu'il en faisait, de manière que l'historien pût surprendre et
suivre la genèse de ses pensées.

Le Maître lui-même, dans ses recueils qui com-
prennent des poésies de toutes les époques de sa
vie, souvent sans date, parfois même antidatées, n'a
pas paru désireux de se prêter à une pareille recherche. Et ses héritiers ont sans doute cru lui
rester fidèles, en prenant à tâche d'égarer toutes
les tentatives. On ne saurait interpréter autrement
l'esprit dans lequel a été organisée, il y a quelques années, certaine « exposition des dessins de
V. Hugo », qui a achevé de désespérer les critiques
ambitieux d'étudier sur textes le développement
d'une imagination sans précédent. Au lieu de grouper toutes les œuvres d'après leur origine et de
rapprocher des esquisses les livres inspirés par les
mêmes spectacles — ce qui eût permis de suivre
ces changements imperceptibles, si gros de conséquences, que les années et les circonstances amè-
nent dans les opérations élémentaires d'un cerveau
de poète, — on a tout démarqué, tout mêlé. Est-ce
par crainte de laisser voir les matériaux dont s'était
servi le grand homme, et de diminuer ainsi l'éton-
nement que cause sa puissance créatrice? La foule
seule peut s'arrêter à un souci de ce genre : peut-
être, en effet, le mystère qui enveloppait naguère
encore les sources du Nil ajoutait-il quelque grandeur à l'idée qu'on se faisait généralement du
fleuve. Mais le psychologue ne se résigne pas à

payer aussi cher la certitude de n'être pas troublé dans sa vénération, et il persiste à chercher.

Quel recours lui reste-t-il donc, si tous les documents directs lui manquent? Un seul assurément, c'est de demander aux œuvres elles-mêmes le secret de l'obscure collaboration de la nature et de l'esprit qui leur a donné naissance.

M. Emile Hennequin, dans ses *Essais de critique scientifique*, a mis en jeu beaucoup de théorie et d'appareil pour démontrer qu'une œuvre d'art est toujours l'expression d'une personnalité physique et psychique déterminée, et qu'il est possible, en la considérant comme un signe, de distinguer la nuance de sensibilité et le tour particulier d'émotion qu'elle suppose dans l'auteur. Il faut le louer d'y avoir insisté, parce qu'il a déblayé le terrain des difficultés qui l'encombraient. Songez, en effet, au monde d'objections que soulève une investigation de ce genre. S'il est vrai que les impressions élémentaires qui décident du tour d'esprit d'un homme sont déjà presque impossibles à saisir dans un individu quelconque, que sera-ce lorsque nous les rechercherons dans l'œuvre réfléchie d'un écrivain? Combien de causes vont accroître la complexité de la matière! les formes conventionnelles de la langue poétique, les figures du style et les tropes de la rhétorique, tout ce qui tend à fausser, même chez les simplistes, le sens expressif du terme usuel et la valeur de l'épithète descriptive, les associations inconscientes, les illusions de la métaphore, les exigences de la pro-

sodie et de la composition : comment dégager de
cette végétation parasite la sensation vraie du poète,
où gît peut-être la raison de son génie?

Mais, nous le savons aussi, ces objections ne restent pas sans réponse : d'une part, les causes principales qui tendent à déformer, dans l'œuvre écrite,
l'impression première reçue de la nature, sont des
habitudes qui ne sont elles-mêmes qu'un prolonge-
ment des impressions antérieures accumulées et qui
trahissent encore les formes de la sensibilité à déterminer. D'autre part la distinction entre ce que le
poète a reçu de la nature et ce qu'il a fourni de
lui-même dans l'élaboration de son œuvre n'est nullement chimérique. S'il est difficile aujourd'hui de
retrouver, dans le vestige lointain des mots, les
« souffles » et les « rayons » qui faisaient jadis reluire
ou vibrer l' « âme de cristal » du Maître, il nous reste
la ressource de comparer entre elles les diverses
images qu'il en a données, et toutes ces images
ensemble aux objets ou aux lieux qui, depuis lui
jusqu'à nous, sont restés identiques à travers les
années — comme la montagne, la mer et le ciel.

Cela suffit, semble-t-il, à ôter à l'entreprise toute
apparence de paradoxe, sinon d'hypothèse, et à jus-
tifier un essai d'enquête psychologique sur les origines de l'œuvre que nous cherchons à expliquer.

CHAPITRE II

La sensation capitale pour V. Hugo est la vision. *Choses vues*, le titre d'un des ouvrages récemment parus, pourrait servir d'épigraphe à toute son œuvre, à condition d'interpréter assez largement le mot pour y comprendre non seulement les sensations directement causées par les objets extérieurs, mais encore et surtout l'évocation mentale des images élaborées par ce puissant cerveau. Chez lui l'imagination créatrice, qui simule si souvent l'hallucination, prend toujours la forme visuelle :

Je *vis*, dans la nuée, un clairon monstrueux....
Je *vis* cette faucheuse : elle était dans un champ....
Un soir, dans un chemin, je *vis* passer un homme....

Cela revient, chaque fois qu'il veut exprimer l'éveil subit d'une pensée, d'un souvenir, d'une inspiration. L'effort même de la méditation n'est que

« la fixité calme et profonde des yeux ». Ce n'est
pas une parole vengeresse qui épouvante Caïn,
mais « un œil tout grand ouvert dans les ténèbres ».
Et la fraternité qui unit tous les êtres vient de ce
que toutes les prunelles reflètent « le grand regard
d'en haut ».

Là réside donc le type le plus achevé de la perception pour le poète, et là doit porter spécialement
l'analyse. Aussi bien la rencontre est-elle heureuse :
si toute sensation contient en germe les lois de l'esprit, il n'en est pas de plus claire, de plus dégagée,
de plus consciente que la vision : il n'en est pas,
par conséquent, qui puisse mieux nous instruire sur
la nature intime du génie que nous étudions.

Les biographes nous apprennent seulement que
V. Hugo avait d'excellents yeux, d'une netteté et
d'une portée exceptionnelles, ce qui lui permit de
pratiquer jusqu'à sa mort le dédain des lunettes.
Mais ce n'est pas là ce qui nous intéresse : nous
voulons savoir ce qui frappe surtout ces yeux si
vifs, quel genre d'objets ils se prêtent naturellement
à réfléchir, afin de deviner quelles images reparaî-
tront ensuite dans son cerveau et s'épanouiront dans
sa poésie.

Dans le sens de la vue, le premier élément à considérer est la couleur, qui constitue par elle-même
un précieux indice du caractère de la vision. Tout le
monde sait en effet que les sensations chromatiques
varient d'un individu à l'autre. Comme ces diffé-
rences sont révélatrices d'un certain état de l'appa-

reil optique qui n'est pas sans relation avec l'état
général du cerveau, ni, par suite, avec le mode de
formation des images, il y a un intérêt évident à
rechercher dans quelle catégorie se place V. Hugo.

Une tradition littéraire dégénérée en lieu commun
en fait le plus merveilleux « coloriste » de tous les
poètes modernes. D'après Th. Gautier, qui passe
pour s'y connaître, le poète des *Orientales* eût été
un grand peintre s'il eût daigné l'être. Naguère
encore, à propos de ses dessins, la critique s'est
prononcée unanimement dans le même sens, les
artistes de profession menant le chœur. Il y a sans
doute quelque témérité à remettre en discussion une
opinion si bien assise; nous oserons pourtant le
faire, en prenant V. Hugo lui-même pour arbitre.

Le premier témoignage qui se présente à l'en-
contre de la tradition est tiré des dessins laissés
par le Maître. Aucune de ces pages, illustrées au
gré de la fantaisie journalière, n'offre la moindre
trace de couleur. L'absence totale d'un des principaux modes d'expression de la vie physique, chez
l'artiste qui eut toujours les regards tournés vers le
monde matériel, n'est sans doute pas dénuée de
signification. Nous n'y insisterons pourtant pas, car
la remarque atteindrait quiconque maniant le fusain
ou le burin se prive volontairement des ressources
propres de la peinture, c'est-à-dire des éléments de
la gamme chromatique qui se développe dans les
raies de l'arc-en-ciel.

L'examen attentif de ces esquisses à l'encre ou à

l'aqua-tinta nous suggère une autre observation,
qui va plus à fond dans le même sens. Non seulement la teinte propre des objets n'y est pas directement imitée par la touche de matière colorante,
mais celle-ci ne s'y révèle même pas par le procédé
de traduction spécial que comporte ce genre d'art,
j'entends par les nuances ombrées qui expriment le
degré d'absorption des rayons dans chaque couleur.
Il y a bien des ombres, mais elles correspondent
aux divers mouvements de la lumière sur les surfaces, à son éclat, ses reflets, ses dégradations, et
jamais aux couleurs intrinsèques où se manifeste la
nature même des choses. Par là nous sommes conduits à supposer que cette singularité du dessin peut
provenir d'un caractère singulier de la perception
chez le dessinateur, et que celui-ci eût encore donné
lieu à la même remarque, même usant librement des
moyens de la polychromie. Si V. Hugo ne rend pas
la couleur, ce doit être parce qu'il ne la sent pas. Les
choses, en effet, semblent se décalquer sur sa rétine
ainsi que sur une plaque photographique, c'est-à-
dire comme des formes émergeant en relief d'un
fond noyé dans la nuit ou dans le jour, sans aucune
notation propre. Elles se distinguent les unes des
autres parce qu'elles sont inégalement éclairées,
non parce qu'elles sont diversement colorées. Les
nuances équivalentes, de même intensité et de même
plan, qui expriment la richesse infinie de la vie par
la variété même de leur équilibre — le vert tendre,
le bleu clair, le mauve, le blond, le gris, — échap-

pent à cet œil uniquement frappé des oppositions. Chez lui, la clarté même, qui prête aux êtres, par le dehors, un semblant d'individualité, a l'air de créer les formes qu'elle délimite — comme ferait un regard émané d'un œil tout-puissant qui aurait la faculté miraculeuse de réaliser dans l'espace la vision intérieure qu'il y projette.

Un tel document ne saurait être négligé, car V. Hugo a dû peindre la nature comme il la voyait; mais on pourrait alléguer que l'habileté technique nécessaire au peintre lui a seule manqué. Il arrive parfois que dans une même personne inégalement douée pour deux arts différents auxquels elle se livre, se trahissent deux tempéraments très divers : si l'on peut dire, par exemple, que le style de Fromentin révèle un peintre — en ce sens qu'il note des impressions que seul un peintre peut distinguer, — au moins faut-il se hâter d'ajouter que son écriture ne ressemble en rien à sa peinture : autant cette dernière est vive, limpide et brillante, autant l'autre est indécise, nuancée et vaporeuse. *La Chasse au Faucon* et *Dominique* sont aux deux pôles de la sensibilité esthétique. Fromentin peint en couleur et écrit en grisaille. Ce n'est pas dans les distractions de l'homme, mais dans l'œuvre où l'artiste s'est mis tout entier qu'il faut chercher l'expression directe de sa personnalité. Écartons donc les dessins de V. Hugo et relisons ses écrits.

On sait déjà qu'il ne faut tenir aucun compte des indications que semblent présenter les premières

œuvres du poète : elles n'ont qu'une valeur verbale
et rhétorique. Les souvenirs d'enfance pourraient
nous être plus utiles; mais les sensations de couleur
n'y tiennent aucune place, noyées dans le rayonnement qui l'a ébloui. La grande impression lumineuse
qu'il a gardée de ses voyages aux pays du soleil
n'est guère susceptible d'analyse. Elle se reflète
uniformément sur toutes les images qui viennent
s'éclairer à cette sorte de phosphorescence ; en
sorte que la vivacité de l'ardeur dont se revêtent
toutes les couleurs, vraies ou fausses, qu'il met en
œuvre, demeure indépendante de ces couleurs elles-
mêmes, comme si toutes les surfaces s'étaient indifféremment enduites d'un même glacis.

Or il n'y a de sincère dans les tableaux plus ou
moins rutilants des *Odes*, des *Nouvelles Odes* et
même dans la partie pittoresque et exotique des
Orientales, que cet éclat même où se révèle la
nature intime de la vision; les couleurs n'ont d'autre
rôle que de le produire par leurs contrastes et leurs
brusques rapprochements. C'est le cas de rappeler
que la tunique du roi de Sodome n'est blanche que
pour mieux trancher sur le bleu, et que le lait blanc
des chamelles ne peut jaillir que sous les doigts
noirs des négresses. Il ne faut retenir de tout cela
qu'une impression d'étincellement, de miroitement
coupée çà et là par des raies d'ombre.

Le voyage de 1825 nous fait pénétrer plus avant
dans le secret de la sensibilité du poète. Ce n'est
pas que les termes relatifs à la couleur soient très

nombreux ni surtout très précis dans la relation
dont nous avons déjà parlé, car aucun effort de distinction, aucune appropriation d'un certain *ton* à un
certain objet ne s'y laisse surprendre : le lac, les
glaciers, la forêt de mélèzes, de sapins ou de châtai-
gniers, tout cela est noté comme *vert*, simplement
et uniment vert. Il est évident qu'à cette époque la
couleur n'est pas pour l'œil de V. Hugo un élément
stable et défini : elle est l'effet accidentel et changeant des jeux de lumière dont les objets s'irisent.
Mais une chose s'imprime nettement dans son cerveau, la lumière, avec ses contrastes et ses dégradations. Les trois quarts des termes concernant
l'apparence visuelle des objets portent sur ce thème :
dix-sept (sur soixante-huit relevés au cours du récit)
expriment la limpidité, l'éclat, l'étincellement ; seize,
le blanc et ses variétés, la neige, la nacre, etc. ; dix-
huit, le noir et ses degrés, le gris, le sombre, l'ébène.

L'indication fournie par les dessins du poète est
donc confirmée : les couleurs se sont évanouies aussitôt qu'elles ont passé de la région verbale et men-
songère de la rhétorique, pour entrer dans le
domaine de l'observation. La psychologie n'a rien
à glaner parmi ces épis vides et ces fleurs artificielles.

C'est pendant la période qui s'étend entre 1828
et 1840 que le sens de la vue a achevé chez V. Hugo
son évolution positive, sous l'effort constant de
l'observation esthétique. L'étude en est facilitée
par cette singularité que toutes les descriptions et

peintures, toutes les images formant tableau qui se
rencontrent dans les recueils de cette époque, reproduisent ou évoquent un seul et même objet : le ciel.
La terre et la mer ne sont plus que des surfaces où
le ciel se réfléchit. Trois couleurs franches se détachent dans ces poésies : le bleu, le jaune, le rouge,
et les impressions où elles sont notées sont toutes
issues de l'observation du ciel. Le *bleu*, c'est l'azur,
c'est-à-dire une clarté attendrie, épurée de son
ardeur, tamisée de ses rayons violents, un éclat
profond et uniforme qui n'est que la lumière saisie
dans son essence et sa source. Le *jaune* prend le
nom « d'or » en poésie, mais ce vieil hypallage ne
doit pas nous tromper ici sur les nuances qu'il sert
à désigner et qui n'ont ni la précision ni la stabilité
de l'apparence métallique. Le mot « or » exprime
un certain effet de rayonnement à travers une
vapeur ou une poussière légère dont les atomes
semblent s'enflammer. C'est ainsi que les nuages
sont comparés à des « blocs de marbre aux veines
d'or », à des coursiers « caparaçonnés d'or », et que
les vagues ont des « crinières d'or » parce qu'elles
les reflètent.

Si le rayonnement vient à s'affaiblir, à se refroidir
et ne miroite plus qu'à la surface du corps éclairé,
au lieu d'en pénétrer les particules, l'effet change et
l'or se mue en *argent* : l' « éventail » que la lune étend
sur les flots est d'argent ou d'or selon l'heure, comme

L'étang, lame d'argent que le couchant fait d'or.

Enfin ce même rayonnement devient *rouge* quand il s'échauffe à traverser les vapeurs du matin ou du soir, et les « pourpres sanglantes » de l'aurore, les horizons « frangés de carmin » du crépuscule, les « feux de forge » et les « reflets de braise », ne sont que de la clarté diluée dans l'air épaissi.

Ainsi les trois couleurs célestes s'évanouissent devant l'analyse, ou plutôt se fondent dans une sensation de lumière dont elles expriment seulement les nuances. Les couleurs, en effet, n'ont de fixité que dans les objets terrestres et matériels : au ciel il ne faut point songer à saisir

Tout ce que nous voyons, brumeux ou transparent,
Flottant dans les clartés, dans les brumes errant....

V. Hugo a esquissé lui-même une formule de sa vision, en dénonçant

Ce merveilleux soleil, ce soleil radieux
Si puissant à changer toute forme à nos yeux.

Et il faut entendre ici le mot « forme » dans le sens aristotélique, comme enveloppant les déterminations de tout ordre, même celles de la couleur. Au contraire de Palestrina, il voit les choses « par l'angle étincelant ». Les « Rayons et les Ombres » s'émoussant réciproquement tour à tour, voilà les deux pôles de sa sensibilité visuelle et les deux principes de son imagination poétique.

La constitution optique qui se définit ainsi est trop profonde pour varier avec la vie; pourtant, au cours des quarante années qui suivent, on peut

observer un changement continu dans la vision du
monde réfléchie par le cerveau du poète. Les traits
essentiels en demeurent les mêmes, mais se simpli-
fient, se raidissent, s'exagèrent au point que l'œil,
réduit à un fonctionnement élémentaire, devient de
moins en moins sensible à l'apparence propre des
objets, et que la perception finit par dégénérer en
une sorte de rêve intérieur.

Nous avons expliqué déjà comment les premières
traces de cette altération se montrèrent d'abord dans
les ouvrages inspirés par les courses aux bords du
Rhin. C'est là que la simplification, l'outrance, l'enflure de la sensibilité commencèrent d'éclater avec
évidence. A vrai dire, l'altération n'est guère appré-
ciable dans l'ordre des couleurs, mais le sens chromatique fut atteint comme les autres, et devint peu
à peu incapable de fournir des données directes et
exactes, tant la réaction imaginative prenait de force
chaque jour.

L'exil, l'isolement, le voisinage de la mer ne firent
qu'accentuer cette disposition : il en résulta comme
un nouveau mode de perception d'abord artificiel,
puis habituel, enfin constitutionnel, qui exerça la
plus profonde influence sur la fantaisie créatrice du
poète. Une courte analyse suffira à en marquer les
principaux éléments.

Toute vision imaginaire décèle de deux façons la
qualité de la sensation qui a servi de point de départ
à l'image : d'abord elle met en évidence le trait sensible qui a été recueilli par l'œil à l'exclusion des

...tres — premier indice du tour particulier de la
vision, — ensuite elle trahit, par son caractère propre,
l'état de l'appareil visuel et du cerveau pendant l'opération : ainsi l'image sera violente si le nerf optique
a éprouvé une commotion brusque ou si les lobes
cérébraux ont réagi avec force contre l'excitation
extérieure, adoucie et presque indifférente si la sensation est restée purement représentative. De là vient
l'aspect expressif, la *physionomie* de la métaphore,
étroitement liée à la nature de l'impression originelle. Il s'ensuit que la critique doit résoudre deux
questions différentes, si elle prétend donner une
formule complète de la vision de V. Hugo pendant
cette dernière partie de sa vie : *que* voit V. Hugo?
comment voit-il?

Sur le premier point, la réponse est brève : le
spectacle infiniment divers et changeant de la mer et
du ciel ne paraît pas lui avoir révélé de colorations
nouvelles; on ne trouve guère — des *Châtiments* à
l'Homme qui rit — qu'une seule teinte directement
sentie et exprimée, celle qui va du jaune au rouge
et rend les tons variés de la flamme. Il serait facile
d'accumuler les images suscitées par cette impression : « avalanches d'or, cuivres du soir, forges de
l'abîme », etc. Le sens de la couleur qui se traduit
ainsi semble s'être plutôt appauvri que modifié, car
il est devenu presque réfractaire aux nuances inter-
médiaires : il lui faut, pour s'émouvoir, une saillie
lumineuse, un éclat intense, une brûlure, ainsi qu'en
témoignent toutes les expressions de cet ordre.

Les rares essais d'analyse que présentent les images d'alors ne portent point sur des impressions directes et simples. Considérez ce tableau d'une phosphorescence nocturne de la mer : « Ce n'est pas l'incendie, c'en est le spectre, l'embrasement livide d'un dedans de sépulcre par une flamme de rêve, on ne sait quelle clarté faite d'aveuglement, lumière fantôme où l'ombre entre comme élément ». Ne sentez-vous pas là plutôt un effort intellectuel qu'une perception vraie? Tout au moins les métaphores dont cette perception s'enveloppe pour se manifester aux yeux évoquent-elles plutôt des *idées* que des traits physiques, si bien qu'elle s'évanouit à la fin en une conception abstraite, que développerait aussi bien un écrivain ignorant de la mer.

La lumière rayonnante reste, chez le poète, le principal objet de la vision : plus que jamais c'est par l'éclat rejaillissant qu'elle s'impose à ses yeux, non par la clarté diffuse dont elle baigne et imprègne les objets. Il ne voit dans la mer mystérieuse et profonde qu'un miroir à reflets, « la cuirasse écaillée » où étincelle l'éclair; dans les vagues mouvantes qui étalent devant nos yeux un peu du secret de l'abîme, qu'une « troupe d'oiseaux blancs » voltigeant à travers des « plaques d'argent » et des « traînées d'or »....

Certes je n'irai pas jusqu'à dire qu'il est devenu incapable de rendre les variétés délicates de la clarté qui naît ou s'évanouit dans le vague de l'aurore ou les brumes du crépuscule : *Stella* est, dans ce genre,

un chef-d'œuvre sans égal. Voyez pourtant à quoi
se réduisent les traces d'impression proprement
visuelle dans ce merveilleux tableau; à vrai dire,
il n'y a qu'un détail où la sensation s'affirme :

La lueur argentait le haut du mât qui penche;
Le navire était noir, mais la voile était blanche....

Oui, cela est *vu*, mieux que vu : *senti* —, je veux
dire perçu avec émotion et fixé à jamais dans le cerveau par l'ébranlement de la rétine. Mais cela même
est une impression tranchée, l'opposition de deux
taches, l'une claire, l'autre sombre, qui frappent l'œil
par l'éclat de ce contraste. Quant au reste, le « sourire divin dont le ciel s'illumine », la « blancheur
molle, infinie et charmante » où transparaît l'étoile,
comme « une âme à travers une perle », c'est un
développement littéraire où se dilue et s'évapore une
sensation trop vague pour être directement exprimée.

Enfin on n'aurait pas épuisé le contenu de la sensation chromatique chez Hugo, si, en face du blanc,
on n'y faisait une place distincte au *noir* qui, pour
lui, est une couleur positive. La sensation à laquelle
cette indication correspond se révèle même à travers des métaphores si intenses, si violentes qu'elle
donne l'illusion de la visibilité et de l'éclat : les
« blocs » d'obscurité, les « stagnations » d'ombre,
les « flaques » de nuit.

Le noir ainsi conçu admet plutôt des degrés que
des nuances : c'est une teinte franche et crue, exclusive de toute autre, qui éteint la couleur de la lu-

mière et se comporte comme l'encre, non comme le
brouillard :

> L'obscurité lugubre apparut toute *nue* :
> On eût dit qu'elle ôtait *l'ombre qui la revêt*....

A mesure que s'avance la vie du poète et son
œuvre avec elle, toutes les couleurs claires et susceptibles d'éclat vont se perdre dans le blanc, les couleurs sombres et mates dans le noir : en sorte que
les éléments dont dispose son imagination tendent de
plus en plus à se réduire à un couple élémentaire de
contraires, représentant précisément les deux seules
teintes qu'il ait employées dans ses dessins.

Cette simplification des données visuelles nous
laisse déjà deviner que le mécanisme de la vision
de V. Hugo a dû subir d'importantes modifications
dans le rythme nerveux qui constitue l'image : il
perçoit moins de couleurs, donc il *voit* autrement.

Tout d'abord, par l'effet de la méditation continue,
de l'obsession imaginaire, et du poids des soucis,
le regard du poète est devenu *fixe*, ce qui suffit à
donner à ses sensations une netteté, une précision,
une dureté par où s'explique le caractère des métaphores suscitées : coups de lumière, déchirures de
soleil, barre de feu, plaque de lumière, éclabous-
sure d'étoiles. De là cette impression de contraste,
de « repoussoir » qu'entraîne toujours l'effort de
l'œil pour isoler un objet de son voisinage. La conséquence immédiate de cette fixité est que la couleur ainsi fouillée ne subsiste pas à l'état de *fond*
mat et uni : la tension de l'appareil fait saillir dans

le champ de la teinte plate une foule de points lumineux, et toute couleur se résout vite en un fourmil-
lement brillant où se recompose la lumière blanche.
Alors, sous l'influence de la fixité persistante, le
scintillement se dégage, et les couleurs d'abord évanouies reparaissent dans les brisures du prisme.
Elles jaillissent, régulières en leur alternance géo-
métrique, avec la vivacité vibrante de l'éclair, aussi
différentes de l'espèce de teinture inerte et molle
dont semblent imprégnées les choses matérielles,
qu'un arc-en-ciel l'est d'un champ de fleurs.

L'homme qui voit ainsi rapporte fatalement toute
couleur aperçue à tel ou tel élément du spectre
que l'effort de son regard y développe, et tire
ses définitions et comparaisons des seuls objets qui
scintillent naturellement et constamment à nos yeux,
les astres et les pierres précieuses. Ainsi fit V. Hugo :
les nuances fines et changeantes du matin prirent
insensiblement à son regard la précision et la rigi-
dité de ton du minéral : qu'est-ce que l'aurore ?
« une fumée de saphirs, d'onyx, de diamants » ; le
ciel ? « une effrayante queue de paon ouvrant ses yeux
dans l'énormité bleue » ; l'univers? « un amas de
clartés, de braises, de rayons, de rubis,... un immense dragon constellé de pierreries »....

Un pareil étincellement ne peut aboutir qu'à
l'éblouissement. La fixité a pour terme nécessaire
l'irradiation cérébrale, où vont en effet s'évanouir,
dans les derniers temps, toutes les sensations comme
tous les rêves du Maître.

En somme, tous ces détails concourent à une formule qui va s'établir d'elle-même. L'œil de V. Hugo
est insensible à la couleur proprement dite, c'est-à-
dire à l'impression moyenne qui résulte de l'adapta-
tion de la rétine au flux continu et uniforme des
rayons absorbés. Il faut, pour mettre en branle le
faisceau de ses nerfs optiques, un choc de rayons,
un rejaillissement d'éclat. Cet œil est donc essentiellement énergique; il prend une part prépondé-
rante à la constitution de l'image perçue, il réagit
contre la donnée extérieure, il la renforce, l'avive
et la modifie.

La sensation de *pourpre* dont il est obsédé ne
représente même pas, à proprement parler, une couleur déterminée. L'aveugle de Cheselden distinguait
vaguement, avant l'opération, le rouge en même
temps que le blanc et le noir. C'est que le rouge
n'est souvent qu'un effet de la lumière ardente
filtrant à travers le sang de l'œil jusqu'au cerveau
où il produit une impression de chaleur et de bour-
donnement. Un autre aveugle, interrogé sur l'idée
qu'il se faisait de cette couleur dont il parlait souvent, répondait qu'il la concevait comme « un grand
bruit, un tumulte qui se serait fait dans sa tête ».
C'est là ce qu'on exprime en disant qu' « on voit
rouge ». La prédominance de cet élément trahit
donc, dans la vision de V. Hugo, un état constant
d'*effort* et de *tension* qui est le premier trait caractéristique de la sensibilité esthétique dont témoigne
son œuvre.

CHAPITRE III

LA FORME PLASTIQUE

La sensation de la forme plastique ne résulte pas seulement d'une modification passive de la rétine, comme la couleur : elle suppose une série d'actions positives qu'exécutent les muscles de l'œil, telles que l'appropriation de l'appareil à la distance voulue, le changement de courbure du cristallin, le parcours de la surface éclairée du corps. D'où il suit qu'un œil naturellement disposé à la tension et à l'effort doit se trouver plus facilement impressionnable aux reliefs et aux contours qu'un œil délicat exercé à l'appréciation des nuances colorées.

Les traits que nous venons de noter en étudiant la nature de la vision chez Hugo nous permettent donc d'affirmer que le poète devait être très sensible aux impressions plastiques. Mais, réduite à cette induction, la remarque serait sans intérêt. L'important est de déterminer le caractère spécial de cette sen-

sibilité tournée vers la forme, par une série d'analyses portant sur l'œuvre où elle s'est exprimée.
C'est par leurs figures, non par leurs couleurs,
que les êtres se définissent aux yeux et à l'esprit;
et dire en quels linéaments typiques se résout, pour
V. Hugo, le chaos lumineux que la nature offre à
ses regards, c'est marquer non pas seulement ce
qu'il *voit* du monde, mais ce qu'il en dégage et, d'un
mot plus clair, ce qu'il en comprend.

Ici encore les dessins du poète fourniront les
premières indications, qui sont assez nettes pour
qu'on ait tôt fait d'en dresser la formule : des lignes
heurtées et compliquées, des contours anguleux et
déséquilibrés, des reliefs portés en avant et accen-
tués par une lumière crue qui brise les plans et,
çà et là, troue le tableau : voilà ce qu'on trouve
pareillement dans les paysages, les marines, les
tours féodales, les châteaux fantastiques, les figures
grimaçantes, démesurées, qu'il s'est amusé, pendant
trente ans, à griffonner au hasard de ses promenades ou de ses rêveries. Pendant trente ans il
s'est contenté d'imiter les « cauchemars » de Goya
ou la « terreur architecturale » de Piranèse, et n'a
pas une fois essayé d'esquisser une forme harmonieuse ni un beau visage. Sa main, assez gauche
quoi qu'on en ait dit, n'est à l'aise que dans les in-
corrections que supposent, à des degrés divers, le
pittoresque et la monstruosité; elle glisse à la caricature dès qu'elle cesse de chercher le grandiose,
quelquefois même alors qu'elle le cherche encore.

Cette fantaisie plastique, qui n'a pris conscience d'elle-même qu'au temps de l'exil, s'est donné librement carrière dans les *Travailleurs de la mer*, où l'artiste a souligné si curieusement les procédés du poète. A le voir se complaire dans les figures anormales empruntées au monde de la légende ou du rêve, « les Sarregousets », le « Roi des Auxcriniers », la « Pieuvre », on sent que ce qui frappe et arrête de préférence son imagination comme son regard, c'est la difformité emphatique ou mystérieuse qui évoque l'idée du symbole. Ainsi « le rocher Douvres-Apparot » est une *griffe*, le « rocher Ortach » est une *gueule* : tous deux font rêver d'un monstre qui n'est sans doute que le Génie de la mer. La « tête de Giliatt » semble un morceau d'écueil arraché par le flot, et le « Vieux Saint-Malo » a l'air d'une falaise déchiquetée par la tempête, comme la « falaise » de la page voisine rappelle l'amas des murailles écroulées d'une citadelle féodale.

Il semble qu'il y ait là les éléments d'une réponse suffisante à la question posée, et que le sens dans lequel s'exerce la vision plastique de V. Hugo apparaisse dès à présent avec évidence. Mais il reste à étudier la transposition littéraire qu'ont reçue dans l'œuvre écrite les données proprement plastiques. On *peint* ce qu'on voit, on n'*écrit* pas ce qu'on voit — ou plutôt, dans ce dernier cas, l'expression n'est ni immédiate ni adéquate. Pour rendre par des mots une impression visuelle, il faut un effort de précision et de distinction où se détermine à nouveau, et peut-être autrement, le caractère de l'image. Revenons aux livres de Hugo, et cherchons quel commentaire ils nous offrent de ses dessins.

Il en est des impressions de forme comme des impressions de couleur : elles ne passent pas d'emblée dans le style. Il faut aller jusqu'aux *Souvenirs d'enfance* pour trouver trace d'une influence positive du sens plastique sur l'imagination de Hugo. En revanche, l'élément *figuré* domine dans ces souvenirs au point que le jeune homme semble n'avoir gardé de son passage en Espagne que des images de saillies et d'arêtes. Il ne revoit de Burgos que les « gothiques aiguilles » de sa cathédrale, d'Irun que ses « toits de bois », de Vittoria que ses « tours ». Cette disposition évidemment naturelle se trouva favorisée encore par l'entrée de V. Hugo dans le romantisme.

On parle toujours de la « couleur romantique », et il est bien certain que les peintres rattachés à l'école, comme Géricault, Delacroix, Devéria, se posèrent surtout comme coloristes en face des dessinateurs comme David, Regnault et Ingres. Mais si l'on considère la littérature, et si l'on fait abstraction du clinquant dont il fut de mode de bigarrer le style aux environs de 1830, on reconnaîtra que la rénovation de l'imagination française se fit sentir bien plutôt dans le domaine des formes et des lignes. Au sentiment de la mesure et de l'harmonie interprété par les néo-classiques dans le sens de la

platitude et de l'effacement, les romantiques avaient
substitué le goût des plans heurtés, des surfaces
tourmentées, des figures incohérentes, plus propres,
selon eux, à exprimer l'énergie, l'originalité et,
comme on disait alors, « le caractère ». Dès le premier éveil de sa sensibilité personnelle, V. Hugo
s'était trouvé à l'unisson : « Son œil, dit Sainte-
Beuve, ne rencontre jamais une tour qu'il n'en
compte les angles, les faces et les pointes. » Il n'est
pas difficile de deviner comment cette faculté d'analyse optique a pu contribuer à donner au romantisme le tour qu'il a pris.

C'est également entre 1830 et 1840 que le sens de
la forme atteint chez lui son équilibre, non plus
dans les fantaisies d'art où il s'est d'abord complu,
mais dans la contemplation et l'interprétation directes
de la nature. Après les *Orientales* et *Notre-Dame*,
c'est à la Démiurgie divine, au ciel, à la montagne
et à la mer, qu'il demande le secret des formes par
où se traduit la vie universelle.

Et à mesure que s'achève le développement de ses
facultés natives, la « figure » devient l'élément pré-
pondérant de ses impressions, le signe exclusif des
choses évoquées à sa mémoire, le principe unique
des images que son cerveau prête à sa pensée. Cela
est au point qu'« il ne dicte jamais, ne rime jamais de
mémoire et ne compose qu'en écrivant : car il estime
que l'écriture a sa physionomie et *veut voir les mots* [1] ».

1. Charles Monselet (*Monde illustré*, 1877) à propos de la
reprise d'*Hernani*.

Gautier, qui le connaît et le comprend si bien, dit :
« Moi aussi je crois qu'il faut surtout dans la phrase
un *rythme oculaire*. Un livre est fait pour être *lu*, et
non parlé à haute voix.... Flaubert a tort de se g...
les siens à lui-même[1]. »

L'*atlas cérébral* de V. Hugo, pour parler comme
M. Taine, arrive bientôt à ne contenir que des
lignes. En voici un curieux exemple : ne semble-t-il
pas qu'une plaine, aux approches de l'automne,
attire et retienne l'œil surtout par la bigarrure des
herbes ou par la riche variété des tons dont commence à se rouiller la forêt? Olympio ne voit rien
de tout cela, en retrouvant les lieux aimés où le
regret le ramène; il contemple seulement

> Les *formes* magnifiques
> Que la nature prend dans les champs pacifiques.

Toutes les métaphores accusent la même préoccupation de l'apparence figurée des objets, et trahissent
la particularité de la vision. De là ces transpositions
poétiques qui font passer une image d'un ordre de
sensations dans un autre : la flûte épanouie *montant*
sur l'alto « comme sur la colonne un frêle chapi-
teau.... Les *dentelles* du son que le fifre *découpe*....
Le *contour* des vagues mélodies... », et jusqu'à cet
audacieux hypallage, l'*étoile* des éperons de Napoléon servant d' « astre » à son armée.

Cette prépondérance de l'élément plastique qui
perce ainsi à travers toutes les impressions et les

---

1. *Journal des Goncourt* (t. II, p. 14, année 1862).

expressions, va nous permettre d'analyser le sens particulier qu'elle révèle. « S'il y a quelques objets dont le poète tire plus souvent ou plus volontiers ses métaphores ou ses comparaisons, s'il y en a quelques-uns qui semblent s'attirer ou s'appeler l'un l'autre dans ses vers, il sera permis de les compter, et de la fréquence de certaines images on pourra conclure à la nature même de son imagination [1]. » Ajoutons qu'à cette nomenclature devrait succéder un travail plus délicat : toutes les métaphores n'ont pas la même valeur dans l'œuvre de V. Hugo; certaines sont conventionnelles et vides d'impression, d'autres sont amenées par des associations de mots et des analogies morales. Il faudrait les *ouvrir* toutes, pour voir ce qu'elles recèlent de sensation vraie, évoquée directement ou par allusion. Mais une étude de ce genre, systématiquement conduite et poussée jusqu'au détail, serait infinie; on doit se borner ici à résumer les caractères distinctifs des objets qui mettent le plus souvent en branle l'appareil optique et cérébral du poète, au temps de la pleine maturité de son génie.

L'œil de V. Hugo ne s'émeut que des formes précises, définies, détachées, qui s'accusent par des oppositions de plans et de clartés. M. Paul Bourget assure que l'idée de « relief » est le dernier élément que l'analyse découvre au fond de la sensibilité comme de l'intelligence du Maître. Complétons la

1. F. Brunetière, *Revue des Deux Mondes*, 1888.

remarque : ce n'est pas dans la « bosse », c'est-à-
dire dans les saillies rondes, dans les proéminences
courbes ou sinueuses que le relief immobile se fait
le plus fortement sentir ; c'est dans les lignes bri-
sées, les angles, les profils, les pointes, qui imitent
le mouvement en déchirant l'ombre et en accrochant
la lumière. Les pics, les crics, les scies, les vrilles,
les blocs, les rocs, les crocs, les socs, les dards, les
arcs, les flèches, les brèches — toute image qui
semble s'aiguiser et s'enfoncer dans la rétine, comme
le son, qui le traduit par onomatopée, semble s'enfoncer dans l'oreille, — voilà ce qui se dégage d'abord
des apparences confuses du monde, voilà ce qui revient à son souvenir lorsqu'il y fouille.

Mais le cas où la forme s'impose à ses yeux avec
une puissance irrésistible, c'est quand elle se présente en mouvement, surtout en mouvement naturel,
et vivant. C'est au point qu'on serait tenté de rattacher
à une raison plastique la tendance du poète à animer
toute image, parce que rien ne fait saillir aussi nettement le contour, ne donne à la forme un relief aussi
distinct et aussi perceptible que ne le font les *actions*
de la vie. Les figures géométriques où nous enfer-
mons le règne minéral correspondent en effet à des
conceptions abstraites plutôt qu'à des sensations ; le
monde matériel n'émeut nos regards et n'entre dans
le domaine imaginaire qu'en revêtant les formes vé-
gétales et animales où s'exprime une vie analogue à
celle que le poète sent palpiter en lui-même.

C'est pour cela qu'il est si intéressant d'analyser

es *visions* qui surgissent dans le cerveau de V. Hugo
lorsque l'étendue considérée ne lui offre point de contours fixes et précis où puisse s'arrêter sa pensée :
alors il en fait éclore lui-même dans le chaos visuel,
par une réaction spontanée qui trahit chez lui l'obsession de certaines figures. Dans les « horizons remplis
de formes incertaines » il voit des « chevaux aux
crinières de flamme », comme il retrouve dans
l'écume des vagues « la laine des moutons sinistres
de la mer ». Puis ce sont des lions, des aigles, des
crocodiles, des hydres…. Tout l'univers s'anime sous
son regard créateur, et se peuple d'êtres monstrueux
et magnifiques qui pullulent dans la brume fécondée.

D'après quelles lois s'engendrent ces créatures
imaginaires ? D'abord, cela va de soi, d'après les
tendances propres de son tempérament sensible.
Dans la subtile et pénétrante étude qu'il a consacrée
au style de Lamartine, M. Charles de Pomairols
montre que l'imagination du grand poète chrétien
exerce, sur les données sensorielles qu'elle met
en œuvre, une sorte d'atténuation, d'allégement et,
pour ainsi dire, de sublimation. « Souvent traditionnelles, générales comme il convient à un esprit
philosophique, effacées quelquefois par l'usage, peu
nourries, toujours délicates, les comparaisons inter-
viennent dans sa poésie, non pas comme d'insis-
tantes et serviles copies de la réalité, mais comme
des allusions légères d'un esprit qui plane sur la
nature. Il choisit spontanément

Tout ce qui monte au jour, ou vole, ou flotte, ou plane.

parce que, occupé avant tout de l'âme, il se plaît à
retrouver au dehors les attributs de légèreté, de
souplesse, de transparence de l'élément spirituel »;
et aussi, ajouterons-nous, parce que, habitué à
promener sur toutes choses un regard superficiel
et vague, ses yeux n'ont gardé du monde matériel
aucune forte empreinte qui puisse l'halluciner.

Qui ne devinerait, à cette simple indication, que,
chez V. Hugo, l'évolution de la métaphore va se
produire en sens inverse? Si, d'une part, « tous les
phénomènes qu'offre la fluidité (« aisance, transparence, reflets du ciel,... manque de limites et de
formes arrêtées, inconsistance ») sont bien les attributs de l'imagination lamartinienne, — de l'autre,
tout ce qui exprime la résistance, la netteté, la
particularité des figures matérielles, convient à la
sensibilité vigoureuse et sanguine de V. Hugo.

Ensuite, parmi toutes les ébauches de formes qui
grouillent dans le cerveau du poète, comme des
possibles aspirant à l'existence, celles-là ont le plus
de chances de réalisation qui ont le plus de
valeur expressive, qui se prêtent le mieux à
devenir des symboles. Les cimes chenues qui ressemblent à des crânes de vieillards et permettent
l'illusion que le sifflement de la tempête soit
le dialogue de ces « noirs géants chauves »; les
antres qui paraissent des « bouches ouvertes » laissant échapper tantôt « de confuses paroles », tantôt
l' « aboiement de l'abîme » ou le « bâillement noir
de l'éternité »; les arbres dépouillés qui ont l'air de

ibets; les racines qui ont l'air de vipères : voilà
quelques-unes des images qui se rencontrent le plus
souvent sous sa plume/Toutes dénotent sinon un
anthropomorphisme, au moins un zoomorphisme
que nul poète ne poussa jamais aussi loin que Hugo.

Ce symbolisme imaginatif se complique d'idées
morales et esthétiques qui en étendent démesuré-
ment la portée et en font un système universel de
pensée et d'expression, une sorte de poésie hiéro-
glyphique, si l'on peut ainsi parler. Par exemple,
« aile » est le signe naturel de l'oiseau et du vol;
elle devient l'emblème de la liberté, de la spirituali-
té, du génie, et, comme telle, elle s'oppose à la
« griffe » qui est l'attribut de la bête et de la bestiali-
té : « les ailes de l'aurore et les griffes de la nuit ».
Par une conséquence naturelle, les choses et les
êtres finissent par se diviser en objets nobles et
élevés, et en objets infâmes et répugnants, selon
l'agrément des formes ou la beauté des attitudes.
Au premier degré de la hiérarchie est ce qui vole,
puis ce qui marche, enfin ce qui rampe. L'Aigle est
fier, pensif, implacable : il représente la justice
divine clairvoyante et terrible. C'est lui qui, perché
sur le casque de Tiphaine, crève les yeux du meur-
trier d'Angus : lui qui, avide de voir

> ...à travers les prodigieux voiles
> Decroître le soleil et grandir les étoiles,

s'envole loin des hallebardiers du baron Madruce,
traîtres à leur pays et à leur honneur.

A côté de l'Aigle est la Colombe que « l'amour unit
à lui dans les cieux », la douceur aussi puissante que
la force. Puis, dernier terme de la trinité qui plane,
la Chouette, image du malheur immérité, symbole de
Jésus lui-même, « *puisqu'on la crucifie* », la Chouette
qui a sa place dans le monde céleste, car elle donne
à la pitié une raison, à la charité un but.

Longtemps avant V. Hugo, le Lion s'appelait le roi
des animaux, et c'est sûrement à son aspect, à son
port majestueux qu'il doit cette antique suprématie.
Mais le poète donne un nouveau sens à la légende en
faisant du Lion l'incarnation de la plus haute noblesse
que comporte la nature. L'Aigle, c'est le ciel, parce
qu'il vole ; le Lion, c'est la terre, parce qu'il marche.
Selon la région qu'il habite, les sables, les bois,
les montagnes ou les plages, son caractère varie
avec son apparence physique. Mais ce n'est jamais
la sérénité aquiline qui domine en lui : stoïcien
ou poète, Brutus ou Dante, il est toujours le Ven-
geur. La crinière sert de signe plastique à tout ce
caractère : la « perruque » même n'a qu'à se hérisser
pour devenir chevelure léonine, comme le sujet de
Louis XIV n'a qu'à se redresser pour devenir le
citoyen de la Révolution.

L'Ane complète le couple de contraires qu'exige
la loi d'antithèse, et le Crapaud achève la trinité
terrestre où il tient le même rôle que la chouette
dans les airs. L'âne avec ses longues oreilles, son
cou incliné, sa tête basse, son air humble, représente la bonté ignorante, l'intuition naïve qui va par-

ois plus avant que la raison. C'est lui qui « voit »
e Dieu que cherche en vain le philosophe, lui qui
auve de la cruauté de l'homme le Crapaud, « ce
auvre être ayant pour crime d'être laid ».

Tout en bas glissent le Serpent, le Ver et l'Hydre,
ymboles de la déception, de la dissolution que l'in-
elligence découvre au fond des phénomènes.

Toutes ces significations et bien d'autres qu'il nous
aut négliger, sont traditionnelles, mais V. Hugo les
a précisées et fécondées suivant un même système
d'interprétation qui consiste invariablement à *prêter
ne valeur morale à l'impression plastique causée par
a forme sensible des êtres.*

Nous touchons là au ressort le plus mystérieux
e la création imaginaire : ce n'est pas seulement
comme on l'a dit déjà) parce qu'elle reproduit
objet perçu que la métaphore reflète la perception,
c'est parce qu'elle exprime le *mode spécial de cette
erception,* c'est-à-dire l'espèce particulière d'émo-
on, d'ébranlement nerveux qui s'en est suivi. Rai-
onnons en effet : l'imagination de V. Hugo est
bsédée d'images de lions et d'aigles, comme celle
e Lamartine d'images de cygnes et d'anges. Ce
est assurément pas à la fréquente apparition de ces
tres devant le regard de l'un ou de l'autre qu'il faut
en prendre. Devons-nous donc considérer de pa-
eilles images comme entièrement artificielles, sans
elation aucune avec la sensibilité de chaque poète ?
Personne n'oserait soutenir ce paradoxe. Le vrai,
c'est que l'originalité du sens individuel se révèle

9

bien moins par la nature de la cause qui le met en branle que par le rythme et le *ton* de la sensation qui s'ensuit. Un même bruit — un coup de canon, par exemple — venant à frapper l'ouïe de deux personnes, l'une d'elles se contentera d'accuser une détonation ; l'autre, d'organisation plus vibrante, accumulera inconsciemment les métaphores pour rendre la spécialité du choc qui l'a émue : elle dira que le canon « roule, gronde, tonne », et se définira ainsi elle-même plutôt que le bruit.

Appliquant ce principe, nous conclurons que l'impression plastique se produit chez V. Hugo avec netteté, avec ampleur, avec brusquerie. Le relief accusé s'exagère aussitôt dans le sens du caractère qui a frappé le poète. Et puisque toute forme est considérée par lui comme exprimant la vie, l'action que ce relief est censé traduire suit la même progression : le clocher *troue* l'horizon, le mont *crève* la nue, le bronze *hurle*; l'épine, c'est la plante *exaspérée*; le vent, c'est le *fouet* du ciel....

De là cette curieuse enflure du style où la vibration nerveuse du sens se trahit par le contenu de la métaphore; de là cette grandiloquence qui dépend de l'*allure* des images évoquées, plutôt que du sentiment qui s'y enveloppe. Ne cherchons plus pourquoi la figure du Lion revient si souvent dans les vers de Hugo : c'est parce qu'elle est ramenée par la *disposition léonine de sa sensibilité*; j'entends par là un mode de perception emphatique exprimant une force fière et un peu farouche quand on la

heurte, qui ne peut se manifester aux yeux que par
une forme sauvage et majestueuse tout ensemble,
par un certain port de tête, une vigueur musculaire
unie au courage et à la tranquillité, enfin par les
apparences visibles dont le Lion fournit le type.

Nette, dure, exagérée comme elle l'est par la sensation de V. Hugo, la figure que revêt l'image tend
naturellement à s'abstraire de l'être particulier qui
la réalise. De là l'emploi constant, l'abus même de
ces substantifs verbaux qui font tableau, malgré leur
généralité, parce qu'ils évoquent l'action dans sa
simplicité idéale, dans sa rigueur typique et sché-
matique : le glissement, l'écroulement, l'ondoiement,
le tournoiement…. C'est la dernière expression du
sens plastique normal, le point culminant où la forme
se détache de tout ce qui la porte, pour s'offrir toute
nue aux yeux de l'imagination.

Ainsi les contours réels s'évaporent en silhouettes
fantastiques; la sensation primitive est amplifiée,
disloquée, corrigée avant de pouvoir se formuler.
L'œil n'est plus un miroir exact, mais une lentille
grossissante et déformante : ce n'est plus un appareil de perception, mais un instrument d'imagination.

Pourquoi ne pas avouer que ce besoin de trouver
à toute chose une forme significative aboutit tantôt à
la puérilité (« le lac de Zurich a la forme d'un croissant, celui de Zug d'une pantoufle, celui des Quatre-
Cantons ressemble à une patte d'aigle brisée », tantôt
à la vaine subtilité, comme dans les curieuses pages
où le poète, changé en philosophe hermétique et

symboliste, cherche à expliquer chaque lettre de
l'alphabet par l'imitation figurée d'un des objets
essentiels du savoir humain : « A, c'est le toit, le
pignon avec sa traverse, l'arche, arx ; D, c'est le dos ;
E, c'est le soubassement, la console et l'étrave », etc.
En sorte que « la maison de l'homme et son archi-
tecture, le corps de l'homme et sa structure, puis la
justice, la musique, l'église, la guerre, la moisson,
la géométrie, la montagne,... tout cela est contenu
dans l'alphabet » — par la mystique vertu de la
forme.

La relation du voyage de 1843 aux Pyrénées et
en Espagne contient un exemple plus frappant
encore de cette recherche systématique des formes
imaginaires dans les objets réels, ou plutôt de cette
transformation de la nature par une perception hallucinée. De tout ce qui peuple et remplit les cam-
pagnes, où il promène son regard inquiet, c'est
l'orme et le grès qu'il préfère, parce qu' « il n'est
pas d'apparence qu'ils ne prennent, pas de caprice
qu'ils n'aient, pas de rêve qu'ils ne réalisent, ayant
toutes les figures et faisant toutes les grimaces ».
Le granit peut bien imiter les vagues, et les Alpes
ressemblent à un « océan monstrueux figé en pleine
tempête » ; mais dans le drame du paysage, « le
grès joue le rôle fantasque et multiple, quelquefois
grand et sévère, quelquefois bouffon : il se penche
comme un lutteur, il se pelotonne comme un clown ;
il est éponge, tente, cabane, souche d'arbre ; il a
des visages qui rient, des yeux qui regardent, des

mâchoires qui semblent mordre et brouter la fou-
gère;... l'antiquité, qui aimait les allégories com-
plètes, aurait dû faire en grès la statue de Protée....
De même avez-vous remarqué, à la tombée de la
nuit, sur les grandes routes, les profils monstrueux
et surnaturels des ormes? Les uns bâillent, les
autres se tordent vers le ciel et ouvrent une gueule
qui hurle affreusement. Il y en a qui rient d'un rire
farouche et hideux, propre aux ténèbres. Le rêveur
croit voir se ranger au bord de la route, en files
menaçantes et difformes, et se pencher sur son
passage, les larves inconnues et possibles de la
nuit. »

A mesure que s'avancent la vie et l'œuvre du
poète, la pure imagination prend plus de place dans
ses créations. Au lieu de chercher ses figures dans
l'univers terrestre, il se met à fouiller les profon-
deurs du ciel et de la mer, pour y découvrir des
apparences plus souples à sa fantaisie. Il ne se contente même plus de « ces profils surhumains aussitôt
évanouis qu'aperçus », que le docteur Gustemund, le
pédant de l'abîme, entrevoyait dans l'horreur sacrée
de la tempête, « Euménides à peu près distinctes,
gorges de Furies dessinées à travers la brume, chi-
mères plutoniennes ou neptuniennes, grosses· de
mythologies » : de nouveaux monstres s'ébauchent
pour lui, dans les nues ou dans les vagues, et combien différents des monstres romantiques! Il semble
que leur structure se soit fondue dans l'air ou dans
l'eau : plus de contours arrêtés ni de formes vi-

vantes, plus de chevaux célestes, ni de béliers
marins; il faut dire

> L'écaille de la mer, la plume du nuage.
> Car l'océan est hydre et le nuage oiseau.

C'est même trop : les brouillards flottants « prennent des formes d'êtres », et ces êtres, non plus
que ceux qui naissent de l'écume des flots, ne sont
des animaux solides et distincts; ils glissent ou
rampent, ou s'écoulent. L'*hydre* règne sans partage
dans ce monde à demi fluide : elle s'étale même sur
la terre où la plante n'est qu'une de ses variétés,
et, à l'occasion, elle représente la nature tout entière pour faire la leçon à l'homme.

Il est difficile de marquer par des dates les moments
entre lesquels s'est opérée cette curieuse dissolution
du sens de la forme. Aux premiers jours de l'exil,
la fixité du regard faisait encore saillir pour lui, dans
l'ombre fouillée « où la forme semblait flotter comme
une vague... », de *vastes bas-reliefs*, des fresques
colossales, desquels émergeaient des *groupes monstrueux*, des « millions de faces tout à coup ». Le
Génie qui *sculptait son rêve* donnait alors les contours précis à toutes ces visions. Satan seul, le Mal
inintelligible, était le « monstre *hésitant* que la
brume enveloppe ». Puis, peu à peu, l'âge vient, le
procédé s'accuse : l'excès même de la tension constamment imposée à l'œil trouble le regard qui
s'habitue à une sensation vague, plus cérébrale
qu'optique, où se noient toutes les formes, comme
toutes les couleurs.

Une dernière conséquence est l'hallucination
bizarre qui consiste à prêter aux abstractions les
plus rebelles à la représentation sensible une apparence de forme presque aussi indéterminée que
l'objet auquel elle s'applique. L'infini, par exemple,
devient un « porche horrible et reculant » ; l'ombre
est une « hydre dont les nuits sont les pâles verté-
bres »...

Et encore toutes ces expressions, si apocalypti-
ques qu'elles semblent — comme celles-ci « le visage
irrité des décombres », « les renversements en arrière, effrayés, qui se dressent », — portent-elles
cependant l'empreinte de la réalité, en traduisant et
produisant fantastiquement une impression vraie.

Dans ce sens on peut vraiment dire que V. Hugo
a formulé l'informe et exprimé l'inexprimable. L'extraordinaire impressionnabilité de son œil et de son
cerveau est restée jusqu'au bout le ressort de son
imagination. Elle est seulement devenue de moins
en moins directe, de plus en plus *réflexe* : en sorte
qu'à travers sa vision du monde, le poète a fini par
ne plus voir que lui-même.

CHAPITRE IV

LES MOUVEMENTS ET LES SONS

Les objets extérieurs ne se dessinent en relief et
ne détachent nettement leur contour qu'en se mou-
vant sur le fond où ils risqueraient de se confondre
à l'état de repos. La sensation de la forme est donc
étroitement liée à la sensation de mouvement, et
nous pouvons déjà prévoir que celle-ci jouera un
rôle important dans les images de V. Hugo.

Aussi bien nous revient-il que la plupart de ses
métaphores — au moins des métaphores directes et
sincères qui sont des résidus d'impression — sont
tirées d'êtres ou de fonctions qui représentent l'activité et la vie. Les « choses qui volent » et les
« choses qui rampent » remplissent les trois quarts
de ses conceptions; et il y faut comprendre toutes
celles qui se trouvent susceptibles de mouvements
analogues, la mer et le brouillard, par exemple. Les
objets mêmes qui sont, par nature, immobiles et

inertes, n'échappent pas au branle de cette imaginaire animation. D'ordinaire, lorsqu'on dit qu'une
montagne « se dresse », on se sert d'un trope de rhétorique dont on oublie la signification usée : pour
V. Hugo, ce mot exprime non un *état*, mais une *action* :

> Le mont, ce grand témoin, se *soulève* et regarde....
> Les antres froids *ouvrent* la bouche avec stupeur....

Les blocs sont des « profils », les rochers des
« visages » continuant à manifester la pensée ou la passion qui s'est figée dans leurs lignes, et persistant dans
l'effort qui leur fait ainsi « froncer le sourcil ». En un
mot, toutes les formes sont des actions, où s'exprime
une force vivante, contenue dans ces limites.

Et l'obsession est telle que l'œil semble atteindre
l'action elle-même et non l'être qui agit : V. Hugo
ne voit pas glisser une vipère, il voit un « glissement » — non pas une flamme, un « flamboiement ».
L'abus, déjà constaté, du mode verbal coïncidant
avec la dissolution du sens de la forme prouve que
la sensation du mouvement l'emporte sur toutes les
autres dans l'œil et dans le cerveau du poète. Mais
comme les sensations de cet ordre sont de véritables
efforts musculaires imposés à l'appareil optique,
l'appareil ne tarde pas à se fatiguer d'une excitation continue : ses détentes et ses réactions s'exagèrent; la vitesse et l'amplitude des mouvements
réellement perçus sont multipliées par la houle intérieure qui entraîne l'imagination; les objets roulent
et se précipitent dans la vision surchauffée; les ruis-

seaux deviennent des torrents, et les torrents des
gouffres éperdus. L'éveil de la vie en mai devient
la « palpitation sauvage du printemps », le « rut religieux des grands arbres cyniques »; à toute heure,
on entend le « craquement confus des choses »...

Un tourbillon effréné emporte tous les êtres vers
le terme où sombrent toutes les sensations avec tous
les phénomènes. Et c'est encore par une absorption
finale de tous les éléments en conflit que s'achève
l'évolution de ce sens comme celle des autres sens
précédemment étudiés.

Mais le mouvement ne s'exprime pas seulement
aux yeux : il se traduit aux oreilles, sous les espèces
du son. Dans la poésie de V. Hugo où l'élément
verbal et musical, la versification et la rime tien-
dront tant de place, on devine de quelle importance
doit être la constitution intime du sens de l'ouïe.

On peut établir deux catégories entre les artistes,
d'après la nature de leur sens auditif : les uns ne
s'accommodent que des sons d'amplitude et d'intensité moyennes, des sons appropriés à l'exercice
normal de l'ouïe humaine, rejetant les éclats, les
violences, les discordances, et négligeant les imperceptibles murmures qui flottent incessamment au-
dessus des choses. Les autres ne s'émeuvent que des
oppositions, des rehauts, des ressauts du bruit; la
vibration continue et équilibrée leur reste presque
inaperçue.

Ces dispositions natives entraînent respective-

ment des tendances imaginatives qu'il est facile de
déterminer : dans le premier cas, l'oreille corrige les
sons qui lui parviennent, les soumet à certaines lois
de tonalité, de mesure et de rythme; dans le second,
elle se borne à reproduire les sons comme ils lui
arrivent, ou n'intervient dans leur composition que
pour marquer mieux les traits saillants qu'elle y a
perçus. D'un côté sont les Mozart et les Lamartine,
— de l'autre les Berlioz et les V. Hugo.

Certes, si l'on entend le mot « harmonie » au sens
plein, il est impossible de refuser à V. Hugo le don
que ce mot exprime : nul n'a plus que lui l'intuition
du rythme poétique, nul n'a plus étroitement associé
le mouvement sonore du vers au développement de
la pensée qui s'y étale. Mais la distinction que nous
venons de faire garde sa valeur, car le terme est équivoque : il désigne tantôt une certaine rectification des
sons qui en adapte la série à tout un ordre d'exigences esthétiques, naturelles ou traditionnelles,
tantôt l'accord subtil qui s'établit entre le groupe
des phénomènes extérieurs répercutés dans l'oreille,
et l'expression verbale donnée par l'artiste. Dans ce
dernier cas, on dit qu'il y a *harmonie imitative*, et, à
vrai dire, la signification est abusive, car le propre de
l'harmonie est l'arrangement, la réduction aux lois de
l'ouïe humaine, qui, de l'océan infini des sons déchaî-
nés dans l'espace, ne peut recueillir que quelques
minces filets mis à sa portée. C'est cette harmonie
proprement dite qui est l'essence de la musique, et
celle-ci n'est pas une reproduction, ni même une imi-

tation des bruits de la nature, mais une interprétation soumise à des règles, tirées les unes de la constitution de l'oreille moyenne, les autres de la structure des instruments sonores et surtout des cordes vocales.

Or nul poète peut-être ne fut aussi peu musicien que V. Hugo. Son incapacité dans cet ordre de sensations était légendaire, et les disciples les plus fidèles prenaient la liberté d'en sourire. Le « témoin de sa vie » avoue lui-même que le maître n'a jamais pu chanter de sa vie une note juste. C'est vraiment l'« âme de cristal » faite pour vibrer à tout souffle comme pour reluire à tout rayon, insoucieuse de corriger le bruit ou la clarté qui lui arrive, l'âme « aux mille voix » que Dieu a placée au centre de tout, comme un écho sonore.

Le sens de l'ouïe doit présenter ici les mêmes caractères que les sens de la forme et du mouvement avec lesquels il a la plus étroite affinité. Il est donc certain d'avance que l'oreille de V. Hugo sera surtout affectée par les chocs, les saillies et les contrastes de son. Comme le poète *transpose* le plus souvent les images, et traduit *aux yeux* les bruits qu'il veut rendre, l'expression des sensations sonores suit naturellement la même marche que celle des sensations visuelles ou plastiques correspondantes. Tant que celles-ci conservent leur équilibre, les métaphores suscitées par l'oreille gardent une mesure, qu'elles perdent aussitôt que l'outrance vient à dominer dans la sensibilité tout entière.

Ainsi, dans les *Feuilles d'automne*, la Nature est

un « immense clavier », et, dans les *Rayons et les
Ombres*, une « grande lyre » dont le poète est l'« ar-
chet divin ». Les gammes sont

> De chastes sœurs, dans la vapeur couchées,
> Se tenant par la main et chantant tour à tour.

La nuit « efface le contour des vagues mélodies » qui
flottent sur le monde et sont comme la « respiration » de la vie universelle.

Le chef-d'œuvre de cette interprétation légère et
délicate de la sonorité est le *Carillon*, où l'« heure
inattendue et folle » apparaît soudain

> par le ton vif et clair
> Que ferait, en s'ouvrant, une porte de l'air.
> Elle vient, secouant sur les toits léthargiques
> Son tablier d'argent, plein de notes magiques,
> Sautant à petits pas comme un oiseau joyeux....

Mais, dès *le Rhin*, l'ouïe s'exalte et se détraque :
les rythmes continus, les tonalités liées et fluides
font place aux incohérences et aux discordances.
Tous les bruits de la nature sont interprétés dans le
sens de l'éclat et du fracas : « Le vent râle comme
un cyclope fatigué, et vous fait rêver à quelque ouvrier étonnant qui travaille avec douleur dans les
ténèbres ». Les arbres où il siffle sont l'« orgue
effrayant de l'ombre » ; la rafale est la « phrase
interrompue et sombre »

> Que l'ouragan, ce bègue errant sur les sommets,
> Recommence toujours sans l'achever jamais ;

« les bouches de la nuit rugissent dans l'air » ; en
attendant que hurle la « gueule de l'ombre ».

La voix de l'Homme s'enfle jusqu'à égaler celle
de la nature : ce que dit Danton

> Est semblable au passage orageux d'un quadrige.
> Un torrent de paroles énorme qu'il dirige,
> Un verbe surhumain, superbe, engloutissant,
> S'écoule de sa bouche en tempête....

Les images même qui expriment le bonheur et la
vie se font brusques ou tragiques par cette exaspé-
ration du sens : le rire est un

> Haillon d'or que la joie, en bondissant, déchire;

le printemps un « alleluia formidable », l'aurore « un
sanglot de lumière ».

Puis viennent les sons imaginaires, le « craquement de dents de la forêt », « l'aboiement de
l'abîme, bruit farouche, obscur, fait avec des ténèbres », la « voix bestiale de la matière, c'est-à-dire
l'informe hurlant, l'inarticulé parlé par l'indéfini,
brouhaha vertigineux qui ressemble à un langage, et
qui est un langage, en effet; l'effort que fait le monde
pour parler, le bégaiement du prodige, le vagisse-
ment où se manifeste confusément tout ce qu'endure,
subit, souffre, accepte et rejette l'énorme palpitation
ténébreuse ». Enfin, quand éclate la « trompette du
jugement », tout le monde vibrant et sonore va
s'effondrer et disparaître dans l'ineffable, l'inaudible
chant, fondu dans l'indiscernable lumière — terme
de toutes les sensations et de tous les phénomènes.

En résumé, la sensibilité de V. Hugo, analysée
dans ses données essentielles, nous apparaît bien

différente de la faculté passive qu'on entend d'ordinaire par ce mot : c'est une force d'action et de
réaction, dont le trait caractéristique est l'effort et
le ressort.

Dans tous les ordres de perception, elle traverse
trois phases : d'abord l'*opposition*, puis l'*exagération*,
ensuite la *fusion* des éléments perceptibles en une
sorte d'unité finale, où disparaissent toutes les dis-
tinctions auxquelles les sens pouvaient s'arrêter. La
marche est logique et nécessaire d'un terme à l'autre,
car le contraste entraîne le grossissement, et l'excès
de l'impression en fait évanouir le contenu réel.

Étrange revirement! C'est la relativité (prise sous
sa forme la plus étroite, l'antithèse), qui fut la forme
première de toute sensibilité et de toute pensée chez
le poète — et c'est à l'Absolu qu'est allé le mouvement dialectique de sa pensée et de sa sensibilité.
Ses yeux ne s'ouvraient qu'aux reliefs et ses oreilles
qu'aux chocs, et c'est dans l'indiscernable identité
qu'il vient enfin reposer les uns et les autres!

N'est-il pas vrai qu'on entrevoit déjà, dans cette
simple analyse des sens, les formes profondes de
l'imagination qui leur emprunte ses matériaux, et la
loi intérieure du génie qui ne peut s'empêcher d'y
accommoder son idéal?

L'indication acquerra plus de prix si on la confirme
par une rapide enquête sur le tempérament du poète.

CHAPITRE V

LE TEMPÉRAMENT DE V. HUGO

V. Hugo est né d'ancêtres robustes, sortis du peuple, quoi qu'il en ait pu penser, et il leur doit sans doute la puissante constitution qui lui laissa, jusqu'à l'extrême vieillesse, la plénitude de sa santé de corps et d'esprit. Chez les Hugo, le trait dominant était la vigueur sanguine ; le général, père du poète, mourut d'apoplexie ; le poète lui-même a dû s'astreindre, aux environs de l'âge mûr, à des exercices violents et continus pour échapper aux dangers de la pléthore. Il était trapu, carré d'épaules, droit pourtant, bien que Henri Heine ait voulu le faire passer pour un *demi-bossu* : « Un tempérament prodigieux, ce Hugo, racontait Sainte-Beuve [1]! Son coiffeur me disait que le poil de sa barbe était le triple d'un autre, qu'il ébréchait tous les rasoirs. Il avait

1. Conversation recueillie dans les *Mémoires* de MM. de Goncourt, t. II, p. 91.

des dents de loup-cervier, des dents cassant des
noyaux de pêche. » — « V. Hugo a le teint coloré et
les cheveux blonds », écrivait mélancoliquement
Th. Gautier, qui ne pouvait s'empêcher de regretter
que le prince souverain de la poésie romantique ne
fût pas sombre et blême; « sans être de l'avis de
M. Nisard le difficile, qui trouve au bas de sa figure
un caractère d'animalité très développé, nous devons
à la vérité de dire qu'il n'a pas les joues convena-
blement creuses, et qu'il a l'air de se porter beaucoup trop bien.... Le monde et la redingote de
V. Hugo ne peuvent contenir sa gloire et son ventre.... Il fait·dans son assiette de fabuleux mélanges
de côtelettes, de haricots à l'huile, de bœuf à la
sauce tomate, qu'il avale indistinctement très vite
et très longtemps. » Flaubert conclut : « C'est une
force de la nature, il a de la sève des arbres dans le
sang ».

Il y a en effet chez lui une surabondance d'activité
native, instinctive, physique, qui s'épand dans son
style et dans ses images, et qui révèle une richesse
de sang populaire et presque brutale, dont la rançon
est l'incapacité de saisir et de rendre les nuances les
plus délicates de la sensation et du sentiment.

Avec cela une tête énorme, un peu lourde, un
front monumental trahissant la prédominance des
facultés d'impression et de réflexion. Par un privilège unique, son énergie cérébrale se trouvait
égaler sa force sanguine : il tenait de sa mère cette
constitution exceptionnellement nerveuse qui devait

s'exalter dans le frère et la fille du poète, frappés
tous deux de démence. Mais en lui l'alliance des
deux tempéraments opposés maintenait l'équilibre,
et peu d'hommes ont gardé, durant toute leur vie,
l'entière et parfaite possession de soi qu'il tint de la
nature avant de la devoir à sa volonté.

Nous ne nous attarderons pas à marquer l'influence
des « milieux » sur une organisation de cet ordre :
l'esquisse que nous avons tracée de sa vie peut
en donner l'idée. Aussi bien ne trouverions-nous
guère qu'un moment où les causes extérieures aient
agi sur lui au point de modifier la direction de son
génie; c'est lors du coup d'État, quand le poète,
poursuivi et banni, dut se réfugier dans les îles
anglo-normandes. Sa juste colère s'augmenta de
toute la surexcitation que causait à ses nerfs le voisinage de l'Océan. C'est le temps où Michelet disait :
« Hugo a une force *fouettée*, la force d'un homme
qui marche pendant des heures dans le vent, et prend
deux bains de mer par jour ».

Les plus violentes pièces des *Châtiments* ont été
ainsi composées, le poète éperdu parcourant à grands
pas la grève, le poing tendu vers la côte française
et criant ses vers irrités dans la bise :

> Ah ! tu finiras bien par hurler, misérable !

Si l'on ne sait pas cela, on ne comprend rien à *Ibo*,
où l' « âpre athlète », le « songeur blême », le « mage
effaré », menace d'aller par delà les « bleus pilas-

tres », saisir la « comète par les cheveux », et de
rugir à son tour, si la foudre aboie!

Il est facile de railler ces images et le sentiment
qui les a fait naître, de traiter Hugo de « bourgeois
hors des gonds »; mais ceux-là seraient des critiques à courte vue qui ne démêleraient pas les
raisons multiples de cette profonde et sincère exaltation, où le tempérament eut autant de part que
l'esprit.

Nous savons qu'elle fut de peu de durée : dans les
Contemplations, la sérénité a déjà reparu et elle
reste la marque du caractère de V. Hugo. Après
sa rentrée de l'exil, sa gravité reconquise prit un
caractère hiératique qui suggérait des pensées d'ido-
lâtrie à la jeunesse enthousiaste. On est plus exi-
geant aujourd'hui; on se demande s'il n'y a pas contradiction entre cette attitude majestueuse, qui fut
celle de toute sa vie, et le ton outré, excessif, désor-
donné de sa poésie. On ne peut sans inquiétude
rapprocher cette dignité impassible de la fougueuse
imagination qui aurait *dû*, semble-t-il, se manifester
normalement par des gestes et des discours torren-
tueux, par des incohérences d'action proportionnées
aux discordances du rêve. Est-ce que Shakespeare,
Byron, Edgar Poë, Musset n'ont pas *vécu* leur
poésie, et ne sommes-nous pas en droit de soup-
çonner quelque artifice, en présence d'un partage si
rare et d'un dualisme si parfait?

A cette objection, la réponse n'est pas facile si, l'on
veut absolument l'accommoder aux vraisemblances

de l'expérience ordinaire; elle est toute simple, si l'on consent, dans le cas particulier qu'on a en vue, à ne tenir compte que des éléments qu'il fournit. La vie mentale de V. Hugo est concentrée tout entière en son cerveau, et chez lui le travail imaginatif est si intense qu'il absorbe toute l'énergie disponible. Chez la plupart des hommes, les mots sont des images effacées, de seconde main, où ils ne mettent rien de leur sang ni de leurs rêves : le surcroît de leur activité s'échappe alors en des gestes, en des mouvements qui mettent en branle toute la machine corporelle. Chez V. Hugo, *les mots sont des actes, les images des efforts,* les phrases des desseins, les compositions des entreprises. Le mode d'expression de sa vie personnelle est presque uniquement verbal; toute sa force y passe, et elle ne descend aux événements extérieurs qu'autant que ceux-ci ont leur retentissement dans son art. Les questions politiques et sociales ne l'ont vraiment intéressé que par le côté où elles touchaient son imagination. Il aimait l'humanité, mais c'est *Claude Gueux* et les *Misérables* qui ont le mieux révélé et exprimé cet amour; il vécut en bon Français, mais c'est l'*Année terrible* qui l'a fait grand patriote.

TROISIÈME PARTIE

LE GÉNIE DE VICTOR HUGO

CHAPITRE I

L'IMAGINATION CRÉATRICE

Lorsque nous cherchons les racines profondes du génie poétique dans la forme particulière des impressions sensibles où le poète puise tout ensemble la matière et la forme de ses conceptions, ce n'est pas que nous considérions le génie comme une simple résultante du milieu, comme le contre-coup des phénomènes dans une organisation d'élite. C'est que nous jugeons, au contraire, que le caractère original du génie se manifeste déjà dans les plus élémentaires et les plus passives de nos opérations mentales. L'imagination (puisqu'on est convenu de donner ce nom à la faculté qui est le principe de la création littéraire) commence à se révéler dans la sensation même, avec ses qualités propres et ses dispositions

natives : voir n'est pas refléter, entendre n'est pas
répercuter; c'est modifier, recomposer, transfigurer
la donnée matérielle venue du dehors.

L'élaboration apparaît encore plus clairement dans
le souvenir, où l'empreinte laissée par l'objet intérieur se transforme peu à peu et se plie au tour
propre de l'esprit dont il est devenu une fonction,
aux habitudes naturelles du cerveau dont il est devenu
un état. Ainsi la mémoire de Hugo était merveilleuse, mais, à la considérer de près, elle était purement *formelle*, ne retenant que le contour et l'aspect des choses. M. Biré s'est beaucoup diverti des
« oublis » du poète; il est aisé de les expliquer
par cette particularité de son organisation. La
matière des événements, la particularité des circonstances ne le touchent point : il en garde le relief,
la saillie, l'élément typique et frappant, c'est-à-dire
la part d'énergie qu'il y a mise. La singularité de
son érudition verbale, qu'on a plaisantée aussi, n'a
pas d'autre origine : les noms lui restent d'autant
mieux dans l'esprit qu'ils ont une allure plus bizarre,
une physionomie plus heurtée. Et c'est naturellement
dans le même sens qu'il les imagine, lorsqu'il
dédaigne de faire appel à sa mémoire. Nul n'a eu,
comme lui, le sens du caractère, de la *figure* des
mots; nous avons vu qu'aux lettres elles-mêmes il
découvre un visage et une expression. Et toutes ces
formes, qui sont du mouvement accumulé, se meuvent dans son cerveau, s'inscrivent dans ses yeux
et revivent sur le papier dès qu'il prend la plume.

V. Hugo a raillé le pauvre La Harpe qui, « avec
son assurance naïve, soutenait qu'imaginer n'est au
fond que se ressouvenir ». Et comme le poète pensait
à lui-même, il a eu raison : son imagination ne *reproduit* jamais, elle transfigure tout ce qu'elle touche.

C'est grâce à cette puissance intrinsèque du cerveau et de l'esprit que l'image, qui est un fait secon-
daire, un *état faible*, arrive à l'emporter en vigueur
sur la sensation elle-même, et à la compliquer d'éléments étrangers qui en changent la physionomie,
comme nous l'ont montré les précédentes analyses.

Cette pléthore d'énergie peut aller jusqu'à imposer
ses créations à la sensibilité tout entière, au point que
l'esprit ne sache plus distinguer entre les perceptions
vraies et les perceptions imaginaires ; poussée à ce
point, elle s'appelle l'hallucination. En poésie, il est
vrai, l'hallucination est le plus souvent feinte, et l'évocation mentale d'un objet ou d'un fait imaginaire, que
l'auteur affecte de considérer comme réellement présent, est un procédé littéraire qui n'a pour but que
de donner plus de vivacité au discours. Les exemples
en abondent, depuis l'apostrophe et la prosopopée,
qui sont des formes surannées, jusqu'aux procédés
descriptifs plus artificieux par lesquels le romantisme les a remplacées : « Écoutez, je suis Jean... »
« Je vis, dans la nuée, un clairon monstrueux... »
« J'entendis une voix qui me disait : sois bon ! »

Mais il est un cas dans lequel l'illusion est sincère
et ne relève point de la rhétorique, c'est lorsque la
représentation imaginaire se substitue chez le poète

au souvenir de la sensation vraie, si spontanément
et si entièrement qu'on l'étonnerait en lui montrant
les déformations qu'elle a subies; et ce cas est fré-
quent chez V. Hugo. Ses détracteurs l'ont bien vu,
et c'est à cette disposition plus encore qu'à ses
allures visionnaires, qu'il faut rapporter le soupçon
de folie qu'on a parfois essayé de faire peser sur
lui : « Les métaphysiciens, écrivait M. Thiessé,
prétendent que le génie est voisin de la démence;
s'il en est ainsi, on peut dire que l'auteur de *Han
d'Islande* n'est pas éloigné du génie.... L'explication
la plus favorable que l'on puisse offrir sur l'origine
de ses conceptions, c'est de dire qu'il a subi les
tourments d'un long cauchemar. »

M. Taine a fait justice de la malveillante erreur
qui confond la représentation précise, intense et
déviée — que connaissent tous les grands créateurs,
Eschyle, Dante, Shakespeare — avec l'aliénation
partielle des somnambules. C'est avec raison que
Flaubert lui écrivait : « N'assimilez pas la vision
intérieure de l'artiste à celle de l'homme vraiment
halluciné.... Je connais parfaitement les deux états;
il y a un abîme entre eux. Dans l'hallucination proprement dite il y a toujours terreur; vous sentez
que votre personnalité vous échappe; on croit qu'on
va mourir. Dans la vision poétique, au contraire, il
y a joie, c'est quelque chose qui entre en vous.... »

Une autre marque distinctive est le rôle différent
que la volonté joue dans les deux cas : quelque
bruit qu'on fasse aujourd'hui autour de l'*auto-sugges-*

tion, on ne peut soutenir sérieusement qu'il dépende
de notre volonté de faire naître en nous des hallucinations positives; la création imaginaire, au contraire, reste au pouvoir du poète. Il la provoque à
son gré par un effort d'attention que V. Hugo a bien
connu et qu'il a décrit lui-même au début de la
Légende des siècles. Car cette « fixité calme et profonde des yeux » ne s'applique pas seulement au
regard physique tourné vers le dehors, mais encore
et surtout à la contemplation intérieure des images
qui surgissent dans le silence de la méditation. Il
peut la diriger, soit en choisissant, pour écrire, le
moment où domine en lui la disposition qu'il veut
exprimer dans son œuvre, soit en s'engageant à dessein dans une série d'idées ou d'images qu'il sait
capables de susciter en lui tel ou tel sentiment.

Nul mieux que V. Hugo n'a su conduire sa fantaisie, même à travers les attractions impérieuses
et les associations perfides de la métaphore et de la
rime. C'est merveille de voir avec quelle sûreté il
choisit l'image qui peut le plus heureusement sym-
boliser la conception qu'il a en tête, et la développe
sous tous ses aspects sans perdre un instant de vue
l'intention qui doit y dominer : *Cérigo*, *Stella*, *la
Conscience*, *Puissance égale bonté*, *Suprématie*, sont
des exemples achevés de cette prodigieuse et incom-
préhensible alliance de la vision quasi hallucinée et
de la plus savante composition.

Par là nous entrevoyons ce que peut être l' « inspiration » pour un esprit de cet ordre. C'est chose

mystérieuse à coup sûr que l'espèce d'exaltation active et féconde qu'on désigne de ce nom ; mais le mystère est d'autant moins impénétrable que l'artiste est plus conscient et maître de soi. M. Paul Albert indique un rapprochement bien ingénieux entre l'idée que Lamartine et V. Hugo se faisaient respectivement de l'inspiration, et trouve, dans les deux images qu'elle leur a suggérées, l'expression différentielle de leurs génies : chez l'un, c'est l'Aigle enlevant Ganymède dans la nue, par une ascension sereine où l'enfant s'abandonne sans trop savoir où il va ; chez l'autre, c'est le cheval furieux de Mazeppa, qui commence par entraîner le jeune homme lié à ses flancs, mais qui, bientôt dompté, obéit en frémissant à la main qui le guide.

Louis Veuillot a découvert, dans Montaigne, une boutade qu'il s'est donné le facile plaisir d'appliquer à V. Hugo : « Le poète, assis sur le trépied, verse de furie tout ce qui lui vient en la bouche, comme la gargouille d'une fontaine, sans le ruminer ni le poiser, et luy échappent des choses de diverses couleurs, de contraire substance et de cours rompu ». Quel aveuglement ! Mieux encore je supporterais le paradoxe de M. Stappfer faisant de V. Hugo l'émule de Boileau pour la justesse des figures et la sage ordonnance des desseins !

La vérité vraie, c'est que, si l'on néglige le ton prophétique qu'il affecte et qui lui vient de ses illusions sur le rôle humanitaire du poète, et surtout de l'extraordinaire énergie mentale qui prête à ses

images une ampleur démesurée, V. Hugo est le
plus conscient, le plus volontaire, le plus sûr de tous
les artistes qui jamais ressentirent « du ciel l'influence secrète ».

Sa force se double de ce que, puissamment inspiré, il est encore le maître de son inspiration, et
sait lui faire rendre tout ce qu'elle peut. La nature le
surprend-elle par un aspect imprévu qui s'impose à
ses sens et met en branle son cerveau toujours
vibrant, il a tôt fait de ramener l'impression de
hasard à l'état d'âme où il se complaît, et qui est
marqué pour la création. La lune, disque ou croissant, est tous les soirs la même : non pour Hugo,
qui plie et modèle l'image aux convenances de son
âme. Rêve-t-il d'une douce glaneuse attardée derrière la moisson, voici que le ciel s'emplit d'épis
d'or, et qu'une faucille s'ébauche dans la corne de
Phébé. Songe-t-il que la Liberté s'est réfugiée en
Suisse derrière les grands monts qui lui sont comme
une citadelle, aussitôt les feux du ciel se muent en
« fers de lance ». La majesté de la nature réveille-
t-elle en son esprit le souvenir du culte qui a bercé
son enfance, devant ses yeux l'autel se dresse sur la
montagne, et l' « hostie » s'élève avec la lune qui
monte. A-t-il enfin pleuré, ce soir, en apprenant une
exécution criminelle, c'est une « tête coupée » qui
roule dans la pourpre sanglante de l'horizon....

Ne parlons donc pas d'inspiration : ce mot semble
accuser une influence étrangère — muse, pythie ou
planète — à laquelle est soumis le génie. V. Hugo

ne doit rien qu'à lui. La nature même ne lui a fourni
que des occasions de développer les puissances endormies de sa pensée. Ce n'est ni aux Alpes qu'il a
trouvé le secret de la grandeur, ni en Espagne qu'il
a trouvé celui de l'éclat, ni dans les cathédrales
gothiques qu'il a trouvé celui des figures originales :
c'est dans le tréfonds de sa personnalité que résident
la cause, la forme, la loi de toutes ses créations
imaginaires ; son génie, c'est lui-même.

CHAPITRE II

LES IMAGES

⇥) L'image qui arrive au cerveau porte déjà l'empreinte du moule sensoriel par lequel elle vient de passer. Les analyses qui précèdent nous permettent donc une détermination immédiate.

L'image originelle est *précise*, crue, sans nuances, parce qu'elle s'est formée par une série de contrastes. Elle est *violente*, parce qu'elle résulte d'un effort, ou tout au moins qu'elle correspond à une expansion surabondante d'énergie cérébrale. Enfin elle est *concrète* et donne l'impression de la vie, parce qu'elle résume une tentative d'aperception immédiate et totale. Voilà des caractères que l'imagination ne pourra changer, et qui persisteront dans la transposition même qu'elle entraînera.

Ainsi le travail imaginatif amènera fatalement la *simplification* de la donnée sensible ; car les détails fortement tracés par le sens subsisteront seuls, les

autres s'élimineront. Bien entendu, cette simplification n'a rien de commun avec celle que poursui-
vent les classiques, et qui est un véritable choix,
une sélection des traits considérés comme les seuls
dignes d'être retenus d'après une règle quelconque:
il s'agit ici d'une réduction toute mécanique, ne
gardant de l'impression que ce qui a accidentelle-
ment frappé le sens. L'office de l'imagination sera
alors de compléter l'opération. Elle effacera tout ce
qui laisse indifférente l'énergie intérieure » (dont la
sensibilité n'était qu'une première manifestation);
tout ce qu'elle retiendra sera expressif, significatif,
conforme au génie personnel de l'artiste.

De là une conséquence assez curieuse : comme
toute image évoquée devient une véritable force
agissante dans l'esprit, son action se trouvera modi-
fiée par la déviation même qu'elle aura déjà subie;
non seulement les êtres représentés seront sim-
plifiés, mais ils agiront dans le sens du caractère
simple qui leur aura été conservé. Les monts sont
« chauves », donc graves, sévères, philosophes. L'intestin a la forme d'un reptile : donc c'est le serpent
dans l'homme, la trace de la malice native, etc.

Dans la création résolument imaginaire où le
poète n'est plus embarrassé par les éléments réels
venus de la sensation, cette simplification s'opère
d'une façon saisissante. Les personnages des drames
sont absolus de deux façons : les uns par l'unité de
leur nature, bons ou méchants, grands ou vils, puis-
sants ou faibles, sans nuances ni rémission; les

autres, par le contraste de leur nature, par l'antithèse qui fait le fond de leur vie intellectuelle ou
morale. Quelquefois, par une brusque conversion,
l'un d'eux passe d'une catégorie dans une autre ;
mais nul ne s'attarde jamais sur la limite du bien ou
du mal, dans le domaine indécis où les contraires
sont possibles. Ainsi toutes les âmes des héros sont
simples — même les âmes doubles où V. Hugo a
eu l'illusion de croire qu'il avait exprimé la complexité de la vie.

Même procédé pour l'histoire, qui n'est pour lui
qu'un drame à décoration fixe, où son imagination
transporte les éléments qui obsèdent sa pensée.

On comprend par moments l'impatience de la
critique, en présence d'une interprétation aussi
sommaire du passé, et l'on excuse le mot « guignol
apocalyptique » qu'elle a provoqué. Mais on se rappelle aussitôt que l'imagination seule règle ces conceptions, et l'on n'y cherche plus qu'une vérification
de la théorie.

Ces tendances simplistes révèlent le mathémati-
cien sous le poète, et je ne m'étonne pas trop de lire
dans le récit du *Témoin de sa vie* qu'il avait montré,
à la pension Cordier, une réelle aptitude pour les
constructions abstraites et symétriques de la géométrie. Il a d'ailleurs conservé, de sa courte prépara-
tion à l'École polytechnique, un goût évident pour
la précision des formules, les oppositions, les équa-
tions, les proportions : « Puissance égale Bonté. »
— « Le Roi est le Roi et le Cid est le Cid. » « Le

Cid plus grand que le Roi. » Ses accumulations et
ses dénombrements affectent toujours l'apparence
numérique ; ses raisonnements, surtout dans les
ouvrages de prose à prétentions doctrinales (*Claude
Gueux*, *le Rhin*, *les Misérables* , visent à la rigueur
du théorème. Il aime l'allure logique, dialectique,
syllogistique. Charles-Quint et Ruy Blas, Robes-
pierre, Marat et Danton, ont tous un monologue
réservé, où ils parlent ainsi que des docteurs du
moyen âge, discutant pied à pied contre un contra-
dicteur qui compte les arguments comme avec les
grains de lupin traditionnels.

La simplification mène toujours à l'*amplification*
car ce qui amoindrit les êtres et les figures, c'est ce
qui les complique, dans l'ordre moral comme dans
l'ordre physique. Vu de loin et sans nuances,
Charlemagne paraît énorme. Toute image d'Épinal
ressemble à une fresque. Moins il y a de traits
marqués, plus ils se détachent et s'exagèrent.

A cette cause de grossissement, ajoutez l'extrême
énergie réactive qui caractérise le cerveau du
poète. Dès 1826, Sainte-Beuve signalait déjà cette
pléthore : « Que M. Hugo se garde surtout de l'excès
de sa force,... qu'il consente, s'il le faut, à rester
au-dessous de son idéal plutôt que de le dépasser, ce
qui est la pire manière de ne pas l'atteindre. Si dans
cet abus l'auteur porte parfois de la combinaison et
du calcul, le plus ordinairement néanmoins la faute
n'en est qu'à son imagination. »

Il est certain en effet que la puissance du tempérament cérébral s'exprime par l'ampleur des images, et que V. Hugo en est un prodigieux exemple : « Job, selon lui, a au-dessus de sa tête cet affreux soleil arabe éleveur de monstres, exagérateur de fléaux qui change le chat en tigre, le lézard en crocodile, le pourceau en rhinocéros, l'anguille en boa, l'ortie en cactus, le vent en simoun, le miasme en peste ». C'est bien ce soleil-là qui l'éclaire, lui aussi, et qui démesure sa vision.

Le type de ce genre d'outrance, confinant parfois au ridicule, se trouve dans Eviradmus :

> Cette salle à manger de Titans est si haute,
> Qu'en égarant de poutre en poutre son regard,
> Aux étages confus de ce plafond hagard,
> On est presque étonné de n'y pas voir d'étoiles.

Le ton du discours se hausse en conséquence :

> Si la mer prononçait des noms dans ses marées,
> O vieillard! ce serait des noms comme le tien!

Les lions sont les porte-paroles ordinaires du penseur ainsi « dilaté en voyant » :

> « Fils », dit l'un d'eux, le lion des plages,

> ......J'ai coutume,
> En voyant la grandeur, d'oublier l'amertume,
> Et c'est pourquoi j'étais le voisin de la mer.
> J'y regardais, laissant les vagues écumer,
> Apparaître la lune et le soleil éclore,
> Et le sombre Infini sourire dans l'aurore;
> Et j'ai pris, ô Lions! dans cette immensité,
> L'habitude du gouffre et de l'éternité!

L'emphase est ici la conséquence étroite de l'ampleur des images; c'est la métaphore qui donne le ton et impose l'allure à la pensée.

11

Stendhal, qui détestait Hugo, l'accuse d'être « exagéré à froid ». Rien de plus faux : la puissante fantaisie du poète sort de son tempérament même; elle n'a qu'à s'abandonner pour devenir énorme, cyclopéenne, « préhistorique », a-t-on dit, d'un mot juste, qui marque la part de la fougue instinctive, terrienne, sauvage, dans l'exubérance du rhéteur. Quel procédé d'art, quelle recherche de style fera jamais trouver des vers comme ceux-ci :

> Des *avalanches d'or* s'écroulaient dans l'azur....
> La palpitation sauvage du printemps....
> L'inexprimable horreur des lieux prodigieux....

Faut-il dire après cela que V. Hugo manque de goût et de mesure, parfois même de dignité et de tenue, que souvent, comme il le dit d'Eschyle, ses « effets » sont des « coups » et ses métaphores des « voies de faits » ? A quoi bon ? Ne sait-on pas que son imagination ne connaît d'autre règle que celle que lui impose sa nature, et qui est de dépenser toute sa force à s'exprimer ? La manière même dont il raille la sobriété montre quel est pour lui l'idéal de l'expression : « Vous dites : il est réservé et discret. Il n'abuse de rien. Il a par-dessus tout une qualité bien rare, il est sobre. — Qu'est ceci ? une recommandation pour un domestique ? Non : c'est un éloge pour un écrivain.... Autrefois on disait : fécondité et puissance; aujourd'hui on dit : tisane. Il semble que toute la question soit de préserver la littérature des indigestions.... Voulez-vous faire

l'Iliade, mettez-vous à la diète. Point d'exagération.
Désormais le rosier sera tenu de compter ses roses.
La prairie sera invitée à moins de pâquerettes. Ordre
au printemps de se modérer. Les nids tombent dans
l'excès. Dites donc, bocages, pas tant de fauvettes,
s'il vous plaît! La voie lactée voudra bien numéroter
ses étoiles : il y en a beaucoup! »

Enfin, malgré la double déformation qu'elle a
subie, l'image simplifiée et amplifiée garde chez
Hugo un caractère de *réalité concrète* qu'aucun autre
poète ne lui a jamais donné. Il est difficile de définir
en quoi consiste ce « don de la vie » qui échappe à
tout enseignement comme à tout calcul. Tout au plus
peut-on dire qu'il se manifeste par l'expression
immédiate et totale de l'objet au moyen de certains
traits essentiels et distinctifs qui suppléent aux indications absentes. Tels sont ces tableaux en raccourci :

> Le vieil anneau de fer des quais pleins de soleil....
> Les rochers monstrueux apparus brusquement....
> Les grands chars gémissants qui reviennent le soir....

Ce don est si puissant chez lui que ses effets
s'étendent aux conceptions abstraites, verbales,
auxquelles il prête une sorte de vie réelle quoique
fantastique, exprimant mieux que toutes les analyses le sens intime du symbole. C'est ainsi qu'il
a rendu une signification et une physionomie à des
mots effacés, qu'il en a réintégré plusieurs dans leur
plus ancienne acception étymologique, et que, « dans
le siècle de l'histoire et de la science, il a restitué,

sans y penser, par la seule nature de sa vision confuse et puissante, les mythes oubliés dont une partie
du langage est autrefois issue » (Brunetière).

Il y a en lui quelque chose de l'*âme des foules*, de
cette demi-conscience qui réalise ses rêves en d'obscures ébauches d'allégories, dont les vestiges défor-
més gisent aujourd'hui dans des expressions que nul
ne comprend plus. Il a même l'intuition des efforts
par où la barbarie a dû passer pour se faire une
langue : « Les idiomes des Hurons et des Botocudos
sont, dit-il, des forêts de consonnes à travers lesquelles, à demi engloutis dans la vase des idées mal
rendues, se traînent des mots immenses et hideux,
comme rampaient les monstres antédiluviens sous les
inextricables végétations du monde primitif ». Il
semble vraiment que son imagination ne fasse qu'une
avec la puissance créatrice du monde, et que les
fantômes qui s'y meuvent n'aient qu'à se dresser
pour devenir des forces de la Nature.

C'est ce réalisme instinctif et inné qui l'a conduit
à faire la révolution littéraire dont il se vante dans
sa *Réponse à un acte d'accusation* : son imagination
cherchant et trouvant partout la vie n'a point à choisir
les objets sur lesquels elle répandra la poésie. Tout
lui est bon pour y faire rayonner la lumière et mou-
voir l'ombre : pas d'être qui ne reflète l'infini,

> Pas de prunelle abjecte et vile que ne touche
> L'éclair d'en haut, parfois tendre et parfois farouche,
> Pas de monstre chétif, louche, impur, chassieux,
> Qui n'ait l'immensité des astres dans les yeux.

Sans doute, c'est dans l'ordre verbal que s'est faite la révolution dont il réclame l'honneur, et elle a eu surtout des conséquences de vocabulaire : mais il ne faut pas oublier que tout mot est une image, et que V. Hugo a changé *le fond* de la langue, en changeant le contenu des termes. Pris en soi, le romantisme n'impliquait nullement cette réforme : il consistait lui-même en un certain éclectisme, différent de celui des classiques et moins étroit, mais aussi hostile au réalisme universel. V. Hugo lui a enseigné à ne connaître ni le dégoût ni le mépris : il a forcé la poésie à s'arrêter devant le crapaud couvert de pustules,

Comme le pré de fleurs et le ciel de soleils,

devant l'Ane, meilleur que l'Homme, devant l'Hydre et le Ver, agents de l'éternelle Nature et symboles de la mystérieuse évolution qui fait passer incessamment tous les êtres de la vie à la mort et de la mort à la vie.

Telle apparaît, en ses caractères essentiels, cette imagination débordante qu'il faut toujours craindre d'enfermer dans une formule trop précise. Elle se révélera mieux encore dans ses créations, que nous allons essayer de ramener à quelques groupes.

CHAPITRE III

LE MONDE IMAGINAIRE DE V. HUGO

« Parmi tous les poètes de l'humanité, dit M. F. Coppée, V. Hugo est celui qui a inventé le plus d'images, et les mieux suivies, les plus frappantes, les plus magnifiques.... En regardant, en admirant les astres éblouissants qui flamboient dans l'œuvre de V. Hugo, l'idée peut venir de les classifier, de les mettre en ordre. » L'idée en est venue à quelqu'un : M. Georges Duval a publié, il y a quelques années, un *Dictionnaire des Métaphores de V. Hugo*. Mais il faut bien avouer que son travail, tout de compilation, n'est qu'une ébauche et une promesse : aucune « classification » n'est tentée, n'est même indiquée : les citations se suivent sans une note, sans une division, selon l'ordre alphabétique. L'occasion était bonne cependant pour tenter une carte de ce firmament poétique. L'éminent critique qui rendit compte du livre dans la *Revue des Deux Mondes* traça alors un

plan d'étude qui aurait dû tenter quelque jeune psychologue de la race de ce pauvre Emile Hennequin,
mort avant d'avoir achevé l'enquête qu'il rêvait de
poursuivre sur l'œuvre de V. Hugo.

A défaut de longues et minutieuses recherches,
que ne comporte pas notre cadre, essayons d'esquisser au moins la méthode suivant laquelle une
telle enquête pourrait être conduite, et les conclu-
sions auxquelles elle semble devoir aboutir.

I. — Le premier indice auquel puisse s'attacher
une classification des images est la nature de l'objet
représenté. Gardons la division qui nous est fournie
par les divers ordres de sensations.

Les *couleurs* proprement dites, auxquelles nous
avons constaté que V. Hugo est médiocrement sensible, fournissent peu d'images à sa fantaisie. A part
le rouge qui éveille dans son cerveau un assez grand
nombre d'associations visuelles bientôt changées en
métaphores (le « verrou » qui ferme la porte des
nuits, les « forges » du soir, l' « épée sanglante »
tombée des mains de l'archange), on pourrait compter
les suggestions directes qui lui viennent de la couleur : le vieux mont est assimilé à un évêque à cause
de son « camail de bruyère violette » ; la prairie
est un « tapis vert » autour duquel discutent les
arbres, ces diplomates; partout et toujours le jaune
et le blanc éveillent l'idée des métaux riches, en
sorte que les feuilles tombées deviennent des «louis
d'or », comme le torrent qui descend de la montagne

asservie figure le « galon d'argent » cousu à la
livrée de l'Helvétie.

C'est, comme on le devine, la lumière et l'ombre
qui mettent le plus souvent en branle l'imagination
du poète. Ici les exemples abondent : l'image domi-
nante est celle de la mort évoquée par le blanc et
le noir : « Quelques étoiles semblaient clouer au
zénith le suaire noir de la nuit étendu sur une
moitié du ciel, et le blanc linceul du crépuscule
déployé sinistrement sur l'autre »... « Les comètes
sont les larmes blanches du drap mortuaire des
nuits »....

A ce groupe d'images se rattachent celles que provoquent les objets brillants et les objets sombres :
d'un côté, l'étoile, l'œil, le flambeau, la fleur ; de
l'autre, l'ombre, ce « puits de l'abîme », ce « porche
noir », ce « bâillement noir », etc. Ajoutez, de
part et d'autre, les idées qui se rattachent sym-
boliquement à la lumière et à l'ombre, celles des
objets gracieux, beaux, aimables, et celles des objets
vils, bas, répugnants.... C'est tout un monde imaginaire qu'il faudrait inventorier de loisir.

Les métaphores tirées de la *forme* sont plus nombreuses encore, et l'on peut dire que c'est vraiment
là le domaine propre de l'imagination de V. Hugo.
Il suffit de se reporter à l'esquisse que nous avons
donnée plus haut de son sens plastique, pour voir
quels objets obsèdent plus particulièrement sa pensée : ce sont ceux dont la figure extérieure est
singulière et caractéristique, le serpent, la racine,

l'intestin, l'hydre, le sentier qui monte en lacet ;
ou bien le croissant, la corne, le fer à cheval, la
faucille ; ou encore le squelette desséché d'un animal,
la cathédrale gothique, le créneau, la mâchoire
ouverte, la scie,... et mille autres qu'il serait fasti-
dieux d'énumérer, et qu'on pourrait aisément réduire
à quelques groupes-types et, pour ainsi dire, à quelques *familles* de formes similaires, exceptionnellement suggestives.

Il est curieux de voir grandir en lui cette étrange
faculté d'assimilation qui est le principe de toutes
les métaphores : la première trace en est, je crois,
dans ce vers des *Odes* où la pyramide est appelée la
« tente immobile de la mort ». La relation du voyage
à Chamonix offre plusieurs ébauches intéressantes :
Le glacier de Taconay se dresse avec ses pointes
« comme une *hydre à plusieurs têtes* ». Le pic du
Mont Blanc domine toutes les cimes qui l'entourent : « Lorsqu'on l'aperçoit confusément à travers
le brouillard, on pense au *Cyclope assis dans la
montagne*, et les blancheurs vagues de la Mer de
Glace sont les troupeaux qu'il compte pendant qu'ils
passent à ses pieds ». Que de fois, au cours de
l'œuvre, nous verrons reparaître cette image :

La mer semble un troupeau secouant sa toison....
Le pâtre promontoire au chapeau de nuées....
...La laine des moutons sinistres de la mer.

Nous savons déjà que l'image est toujours orientée
dans le sens de l'animation et de l'outrance, c'est-à-

dire qu'elle traduit une forme inerte par une forme
vivante, en enflant toujours la sensation d'où elle est
sortie : de là les rôles que jouent les monstres dans
la morphologie imaginaire de V. Hugo.

Les images tirées du *mouvement* ne sont point
aussi fréquentes, même si l'on y joint celles de
l'ouïe. C'est pourtant là que se trouve le plus pur
chef-d'œuvre de transposition poétique entre deux
ordres voisins de sensations qu'on finit par ne plus
pouvoir distinguer l'un de l'autre. Le son qui sert
à marquer l'heure ne se confond pas, à coup sûr,
avec la marche du temps qu'il mesure. Eh bien,
lisez attentivement ce *Carillon* que nous avons déjà
cité, et vous serez tenté de prendre la métaphore
pour la vérité même, et la vibration de l'horloge
pour la secousse du temps qui s'en va.

Le bruit qui a le plus souvent inspiré le poète est
le roulement du tonnerre et le fracas de la tempête,
pour l'expression duquel il a accumulé les figures :
le ciel tremble « comme un toit où quelqu'un mar-
cherait à grands pas ». Les nuages font « tonner
la foudre en leurs rauques poumons » ; l'ouragan est
un « bègue hurlant sur les sommets ».

La mer aussi l'obsède : tantôt le flux évoque chez
lui des idées de rythme, et il l'appelle le « balan-
cier du globe » ; tantôt le heurt des flots lui suggère des images bondissantes : la « meute livide »
des vagues, les « coursiers orageux » aux « crinières
de flamme », les « cavales humides » qu'on voit « se
dresser et hennir » dans la tempête.

Enfin, il est un autre sens — auquel on ose à peine donner ce nom — dont les impressions positives, quoique difficiles à définir, ont suscité chez V. Hugo des images particulières qu'il n'est pas permis d'omettre : nous l'appellerons le *sens du mystère*. Le poète est parvenu à se donner, au moins en imagination, une sorte d'intuition de ce qui n'est ni sensible ni perceptible. Le temps et l'espace, ou plutôt l'éternité et l'infini, le néant, la nuit, la mort, la part d'indéterminé qu'il y a dans les choses, la part d'inconnu qu'il y a dans les pensées, l'inaccessible et l'inexprimable, il sent tout cela et il le rend par des images qui nous le font sentir à notre tour. Comme Giliatt, « par une brusque déchirure de l'ombre, il voit tout à coup l'invisible, victime de ces tremblements d'idées qui dilatent le docteur en voyant et le poète en prophète ». *Ce que dit la Bouche d'ombre, Pleine mer, Plein ciel, la Trompette du jugement* et surtout le prodigieux poème du *Titan* nous ouvrent sur cette région inexplorée d'étranges horizons tout remplis de frissons :

> L'évanouissement misérable et terrible,
> L'espèce de brouillard que ferait le Léthé,
> Cette chose sans nom, l'Univers avorté,
> Un vide monstrueux où de l'effroi surnage,
> L'impossibilité de tourner une page,
> Le suprême feuillet faisant le dernier pli,
> Ce qu'on verrait enfin, si l'on voyait l'oubli....

En face, l'autre pôle, l'absolu de la clarté où « l'impossible à travers l'évident transparaît », où les

étoiles sont des « gouttes d'ombre », où notre
aurore n'est qu'un « sanglot de lumière ».

Nul n'eut jamais à ce point le don de figurer ces
vagues linéaments qui échappent même à la pensée.
Et ce n'est pas là une des moindres preuves de la
puissance illimitée de son imagination, à qui l'infini
même de la réalité ne peut suffire.

II. — Une autre distinction peut être établie, entre
les images poétiques, d'après le rythme cérébral au
cours duquel elles se sont formées. En trois mots,
on peut dire que les images peuvent être *équilibrées*,
violentes ou *déliquescentes*, selon la nature du mouvement de l'âme ou du corps qui les a fait naître.
En étudiant par le détail l'évolution du sens de la
couleur et de la forme chez V. Hugo, nous avons
rendu facile l'entente de ces idées et de ces termes.
Nous savons déjà que, chez V. Hugo, l'imagination
subit, comme la sensibilité, une loi de progression
qui la fait passer par les trois étapes précédemment
marquées : conscience du génie individuel; puis
exaltation de la personnalité et exagération de ses
caractères; enfin détente par excès de tension, et
dissolution de l'appareil sensitif et imaginatif.

A chacune de ces périodes se rapportent certaines
métaphores qui gardent l'empreinte des conditions
où elles se sont formées. Qu'on suive, de 1828 à
1878, les interprétations diverses que V. Hugo a
données d'un même phénomène — l'aurore, par
exemple, ou le rayonnement du soleil, — la peinture

d'une même chose — la montagne ou la mer, — et
l'on comprendra ce que nous voulons dire. L'aurore
est d'abord une jeune vierge « aux yeux baignés
de douces larmes », puis un « cheval blanc » qui
hennit, ensuite une « fumée d'onyx, de saphirs, de
diamants, etc. ».

III. — Par là nous sommes amenés à considérer
une troisième différence qui peut encore fournir un
principe de classification entre les images : c'est leur
mode de formation et d'apparition dans l'esprit du
poète. Les unes naissent spontanément, d'une
impression qui survient ou d'une analogie qui s'impose ; elles sont directes, subites, réflexes, pour
ainsi dire, tant elles ont l'air de continuer la sensation, le sentiment ou l'idée qui les a fait surgir.
Elles ne sont pas rares chez V. Hugo qui est doué
d'une merveilleuse faculté d'interprétation, saisis-
sant d'un coup le sens des faits et l'essence des
choses.

D'autres sont *dérivées* d'une association qui suppose un trajet de l'esprit entre la sensation et la
figure par laquelle il la traduit; le mot sert de lien
en pareil cas. Ainsi je suis bien convaincu que ce
n'est pas l'aspect même des vagues, mais la signification du terme « moutonner » qui a évoqué la métaphore du « pâtre promontoire », comme c'est sans
doute l'expression « roc chauve » qui a suggéré
l'assimilation de l'écume à une chevelure.

Un dernier groupe d'images contient celles qu'on

peut appeler *factices*, car elles sont le produit d'une
intention véritable, d'une recherche méthodique ayant
pour but de compléter un ensemble par des traits
analogues. Ce sont les images dites de « composition ». Toutes celles qui remplissent la *Vision d'où
est sortie la Légende des siècles* sont de cet ordre :
le poète les a provoquées par une sorte d'appel à
l'hallucination. Les « développements », si fréquents
chez V. Hugo, ne sont que des applications de ce procédé, où, après une image qui énonce un certain
rapport entre deux choses, le poète reprend ce
rapport, le double, le triple, le décuple par l'accumulation d'images équivalentes que lui fournit
aussitôt sa prodigieuse mémoire et la toute-puissance créatrice de sa fantaisie.

IV. — Enfin on peut diviser encore les images
d'après leur signification mentale. Toute image est
le signe d'une sensation, d'un sentiment ou d'une
pensée. Cette différence de contenu ne se traduit
pas toujours par des caractères appropriés : c'est
en faisant l'anatomie de la métaphore, qu'on la ramè-
nera à telle ou telle catégorie. Chez V. Hugo, les
plus nombreuses et les plus éclatantes sont celles
dont l'origine est physique et où la sensation a
déterminé le sentiment ou l'idée.

Quelques-unes pourtant sont proprement intel-
lectuelles : « Le génie est un promontoire dans
l'avenir » ; d'autres morales : « Les *bons* clochers sor-
tant des brumes indécises »... — « Vêtu de probité

candide et de lin blanc.... » — « Le geste *auguste* du
semeur.... »

L'énumération n'est certes pas complète, même
à ne chercher que les principaux groupes entre
lesquels la classification doit s'opérer. Peut-être
pourtant suffit-elle à donner une idée de la fécondité
et aussi de la particularité de cette imagination.

La conclusion qui s'impose, c'est que, prises
dans leur ensemble, ces images ne reproduisent
nullement les aspects du monde, pas plus qu'elles
n'en expriment la vie. Elles sont les œuvres directes
de l'énergie cérébrale et mentale que nous avons
tenté de définir. Les données extérieures n'ont fait
que servir de matière à l'esprit qui leur a imposé
son caractère et sa loi. Au terme de l'évolution imaginative, cette matière même disparaît : le poète
n'imagine plus que ce qu'on ne peut ni voir ni
entendre : là se révèle à nu l'essence de son génie.

CHAPITRE IV

L'EXPRESSION

« La poésie, dit Th. de Banville, est à la fois musique, statuaire, peinture, éloquence; elle doit charmer l'oreille, enchanter l'esprit, représenter les sons, imiter les couleurs, rendre les objets visibles et exciter en nous les mouvements qu'il lui plaît d'y produire : aussi est-ce le seul art complet, nécessaire, et qui contienne tous les autres, comme il préexiste à tous les autres ». Rien de mieux, mais il faut ajouter que c'est un art exclusivement *verbal*, c'est-à-dire qui n'a d'autre moyen que les mots pour exprimer les sensations de tout ordre qu'il met en œuvre. Là est la fonction essentielle du mot : représenter une image par une sorte d'équivalence ou de correspondance dont l'explication appartient à la psychologie pure, et nous entraînerait trop loin.

A l'origine, tout mot exprime l'image pour laquelle il a été fait : les langues sont les résidus des mythologies familières où les peuples primitifs ont figuré leurs perceptions et leurs émotions. Mais à mesure qu'elles se sont développées par la réflexion et l'analyse, les mots ont perdu peu à peu leur valeur d'expérience individuelle, et ont tendu à devenir de purs *signes*, c'est-à-dire des allusions, des moyens mnémotechniques propres à rappeler le fait ou l'objet dont on voulait éveiller l'idée. Le premier qui a dit, arrivant à l'imprévu devant une cime escarpée : « ce roc se dresse », a cru, ou feint de croire pour rendre sa parole plus saisissante, que le rocher est un être animé qui, tiré de sa quiétude, s'est brusquement levé à l'aspect du voyageur, comme une bête fauve surprise. Ceux qui se sont plus tard emparés de l'expression et chez qui elle ne correspondait à aucune impulsion de ce genre, n'ont plus vu là que l'indication d'une figure matérielle. La signification est ainsi devenue de plus en plus abstraite et générale, et, dans ce sens, le terme idéal de toute langue est l'algèbre.

Il est trop évident qu'un pareil système d'expression ne peut convenir à la poésie telle que la concevait V. Hugo. Nous avons dit comment il a rendu la couleur de la vie à une foule de termes usés et effacés, en les restaurant dans leur acception primitive où ils retrouvaient aussitôt une valeur expressive. L'étymologie a été le plus souvent la magicienne qui lui révélait le sens intérieur évanoui dans la banalité de l'emploi séculaire. Par elle l'*hydre* a ressaisi sa physionomie propre, et, d'animal chi-

mérique qu'elle était, est redevenue la personnifica-
tion d'une des forces de la nature, l'eau fuyante et
perfide ; le *cap* s'est aperçu qu'il était la « tête » du
Titan englouti dans les vagues ; puisque la plante
« ronge » la pierre, c'est que la racine est une
« mâchoire ouverte »…. De là autant de mythes
assoupis que réveille la formidable imagination du
Maître.

Mais il ne se contente pas de restituer à la langue
la vie qu'elle a perdue : il lui en prête une nouvelle
en inventant pour les mots des significations inu-
sitées qui les remplissent d'images saisissantes. Un
puits, une porte, un trou sont des objets vulgaires :
V. Hugo en fait des choses épiques, vertigineuses,
terribles : « le puits de l'abîme », — « la porte des
nuits », — « les trous noirs étoilés par de farouches
yeux ». Toutes sortes de mots, limités de sens,
prennent, en passant dans sa poésie, une violence et
une ampleur qui les transfigurent : ils n'expriment
plus, dès qu'il les a touchés, que le déchaînement
des forces cosmiques, le fracas de l'ouragan ou de
la mer, au point qu'ils semblent transposés lorsqu'on les ramène à l'acception commune : « l'aboiement de l'abîme », — « l'obscur rugissement de
l'immense nature », — « le frisson des constella-
tions »…. De même certains adjectifs, innocents par
eux-mêmes, s'emplissent d'horreur et d'épouvante
quand il s'en empare : « sombre, noir, hideux ».

Impossible d'énumérer les images de cet ordre,
aussi nombreuses que les mots dont il use. V. Hugo

s'est créé un univers à lui qu'il ne peut manifester qu'en employant la langue de tous : il faut donc que chaque terme change de contenu, et arrive à rendre le sens nouveau qui le gonfle, par l'intensité de l'expression, ou par l'originalité de la combinaison où il se présente. L'action créatrice du poète se montre encore mieux lorsqu'il constitue de toutes pièces le rapport nouveau qu'exprime le terme faisant image. Avant lui on n'avait jamais dit « la gueule de la nuit, les griffes de la nuit » ; on n'avait jamais pensé à voir dans l'ombre « une hydre » ni dans l'horreur « une pâle nymphe tordant ses bras », près des chaos non appelés à la vie, qui « sanglotent dans l'infini ».

Ce qui révèle le tour particulier de son génie, c'est que toutes ces images sont proprement verbales et ne prennent une forme précise que dans le mot où il les contraint d'entrer. Si le poète s'en était tenu à la sensation visuelle, il se serait simplement représenté la nuit comme un gouffre où toutes choses s'enfoncent chaque soir. Mais l'expression lui a paru devoir être plus saisissante si l'action était retournée et si c'était le gouffre qui engloutît la nature. Aussitôt l'action d'engloutir s'est animée et dramatisée, et l'idée a surgi d'un monstre prodigieux qui enlacerait la terre dans ses anneaux froids et gluants, avant de l'avaler....

Au moins faut-il ajouter que, dans cette sorte de construction, où le souci de l'expression détermine l'image, V. Hugo n'apporte aucune préoccupation

proprement littéraire : dans toutes les translations
de sens qu'il a inventées, dans toutes les formes
qu'il a fait jaillir du chaos de ses sensations et qu'il
a moulées ensuite sous le souple vêtement des mots,
il a procédé à la façon de l'esprit populaire qui crée
instinctivement, en obéissant à la seule loi de ses
facultés natives. Aussi son imagination est-elle mythique, même quand elle fait œuvre verbale. Son
œuvre a ce double caractère — contradictoire en
apparence — d'être au plus haut point personnelle,
et pourtant d'exprimer quelque chose de collectif,
comme l'esprit d'une époque, ou l'âme d'une race.
Il est vraiment un de ces « héros » dont parle Car-
lyle, qui incarnent une portion de l'humanité. Il
faut que l'idée de Nature entre dans la formule qui
le définit, et qu'en l'appelant « Génie », on sente
bien qu'on ne fait pas une métaphore.

Si V. Hugo a pu, mieux qu'aucun autre poète,
concréter en des mots les images qui naissaient
dans son esprit, c'est qu'il fut doué d'une extraordinaire faculté d'*expression*.

C'est un don étrange que celui de traduire spontanément une sensation en parole. Mais il ne suffit
pas d'affirmer, comme M. Paul Bourget, que là est
le trait distinctif auquel on reconnaît l'esprit du
Maître, il faut savoir en quoi consiste cette faculté
et demander à l'analyse une explication.

Le premier élément qu'elle découvre est l'aptitude
à la parole. Peu importe que le poète se manifeste

surtout par des œuvres écrites : chacun sait que l'écriture n'a de sens que parce qu'elle côtoie une parole
intérieure, suivie par la main de celui qui trace des
caractères, comme par l'œil de celui qui les lit. C'est
de cette parole-là, prononcée au dedans, non de
l'émission gutturale de la voix, qu'il s'agit ici.

Ainsi entendu, le « don de la parole » correspond
à certaines particularités physiologiques, telles que
la prédominance de la deuxième circonvolution fron-
tale gauche du cerveau ; — et M. Émile Hennequin
n'hésite pas à rapporter à cette constitution cérébrale la direction spéciale prise par l'imagination
du Maître. C'est aller un peu loin : les dispositions organiques ne sont sûrement pas indifférentes,
et contribuent à expliquer la tendance naturelle de
Hugo à exagérer le rôle des mots, la facilité avec
laquelle il s'abandonne à l'enivrement du verbe
— je n'ose dire du verbiage, — l'abus qu'il fait du
vocabulaire et du dictionnaire, les énumérations
inutiles, les dénominations accumulées, les apposi-
tions et répétitions de pure redondance, enfin tout
un mécanisme spontané et perpétuellement en tension qui dénonce la pléthore de l'organe. Mais,
appliquée à un jugement d'ensemble, la réponse est
trop simple et elle dispense trop aisément de chercher les raisons plus profondes, plus proprement
psychologiques et esthétiques que comporte le sujet.

La condition nécessaire, sinon suffisante, pour
qu'une image puisse passer dans un mot, c'est qu'elle
soit délimitée et précise : par cela seul nous compre-

nons que l'imagination de V. Hugo est faite pour
entrer dans le moule de la parole; sa principale
source n'est-elle pas dans le sens de la forme, et
n'est-ce pas d'après un trait plastique que sont in-
stituées la plupart de ses métaphores?

Un détail curieux, déjà noté, donne plus de force
à cette remarque : V. Hugo ne *parlait* pas ses vers,
il les *écrivait*, et souvent il les illustrait en marge,
comme s'il avait eu besoin de fixer l'image pour trouver
le mot correspondant. Le caractère plastique et gra-
phique que portent toutes ces images les rend
assurément plus propres à la traduction verbale.
Nous l'avons dit, c'est la légèreté, le vague, la
fluidité de l'imagination qui expliquent l'indécision
et la mollesse souvent reprochées au style de
Lamartine. Si « écrire » est arrêter dans une
expression limitée le contour flottant d'une idée,
si c'est composer, déduire et ordonner par des pro-
gressions définies la marche d'une pensée successive et libre, nul doute que V. Hugo ne fût, de par
la nature même de son génie, mieux doué que son
rival pour y réussir.

Enfin il y a entre les sons et les formes certaines
affinités naturelles qui se manifestent, mieux que
partout ailleurs, dans le langage de la poésie. La
valeur expressive des paroles n'est pas bornée à la
signification intellectuelle. Quand on possède à un
degré aussi élevé que V. Hugo le sens de la réalité,
l'intuition de la vie et de l'unité obscure qui en relie
toutes les manifestations, on a vite fait de saisir ces

analogies et de les mettre en œuvre. Il excelle à
rendre la physionomie plastique des choses par des
mots où passe l'aspect matériel qu'il interprète. Ses
rimes méritent d'être étudiées à cet égard : la plupart ont, à côté de leur rôle musical, un rôle repré-
sentatif, et servent, pour ainsi dire, à la définition
de l'objet ou de l'impression auxquels elles se rapportent : les couples suivants « fauves, chauves »,
« énormes, formes », « nuées, continuées »,
« hagarde, regarde », évoquent, par leur seul rapprochement et par l'harmonie spéciale qu'il détermine, une sensation confuse qui prépare et complète
l'image. Certaines rimes sont lourdes et massives,
d'autres aiguës et légères, d'autres taillantes et tran-
chantes. On sent, en lisant V. Hugo, que le poète
a retrouvé le secret des profondes harmonies dont
le mythique Orphée fut le premier interprète.

Nous avons déjà pu entrevoir qu'une pareille aptitude à exprimer verbalement toutes les sensations et
toutes les images entraîne fatalement un abus de
la facilité qu'elle détermine. Souvent, chez Victor
Hugo, le mot prend le pas sur la chose, ou plutôt,
puisque les choses n'arrivent jamais à la poésie que
sous la forme des mots, la préoccupation du rythme
sonore et de la physionomie plastique de la phrase
l'emporte sur le souci de l'expression proprement
dite. D'une manière générale, cette déviation s'appelle le verbalisme. M. Hennequin est tellement
frappé de l'importance qu'elle prend dans le style

de Hugo qu'il ne veut pas d'autre caractère pour
définir son génie. La conclusion de l'étude qu'il
méditait d'écrire sur le poète et son temps était
celle-ci : « En France, de 1830 à 1880, prédominance chez les lettrés et dans le public des idées
verbales sur les idées réelles; d'où irréalisme,
inexpérience, irréflexion dans les couches supérieures, et, dans le peuple, verbalisme exalté se traduisant par un idéalisme vague, un optimisme de
roman. V. Hugo est le représentant de cet état moral
et social. »

La théorie ne laisse pas d'être piquante, mais elle
n'est guère soutenable : d'abord l'esprit français
n'est nullement resté identique de 1830 à 1880, pas
plus que V. Hugo n'est demeuré, pendant tout ce
demi-siècle, en harmonie avec le goût public; ensuite
la réduction d'un tempérament aussi complexe que
le sien à un seul caractère, d'ailleurs extérieur et
formel, laisse de côté tous les éléments vivants et
actifs de sa personnalité. C'est s'arrêter à l'écorce
des choses. Il reste encore à expliquer la direction
prise par cette « faculté verbale », les lois de l'imagination qui s'y exprime, et sa raison intérieure,
c'est-à-dire le génie tout entier.

Il n'en est pas moins vrai que ce don de l'expression exerce une profonde influence sur la poésie
du Maître, et qu'il y a un intérêt véritable à en
rechercher les effets. D'un trait on peut dire qu'une si
intime union des mots et des images tend à modifier
simultanément les deux facteurs associés. Les mots

s'imprègnent des caractères qui distinguent les
images ; ils s'enflent ou se creusent, s'illuminent ou
s'enflamment, s'animent ou s'exaspèrent. Les images
prennent la forme des mots : elles revêtent d'abord
une rigueur qui écarte toute nuance et donne une
apparence absolue à la conception où elles entrent;
puis une extension limitée, exclusive de tout détail.
Par là s'expliquent l'outrance et l'abus de l'antithèse que nous avons signalés.

Mais il ne faut point se faire illusion sur la valeur
de cette conclusion : si l'imagination du poète a
glissé au verbalisme, c'est qu'elle y était destinée
par une loi de nature, et là encore la forme se
ramène au fond. Le style ne fait pas la poésie, c'est
la poésie qui commande le style et lui donne ses
règles.

CHAPITRE V

LE MOUVEMENT DU STYLE

En poésie, il est rare que l'image se manifeste par une expression directe. Le plus souvent elle s'associe à une autre qui la renforce et la remplace. Reprenons un exemple déjà cité : le Mont Blanc est plus haut que les sommets qui l'entourent, voilà le fait. Si je parle par image, je dirai qu'il se lève au milieu d'eux; si je veux rendre l'impression saisissante, je chercherai les cas où l'opposition de l'être, placé dans un groupe qu'il domine, se présente de la façon la plus sensible et la plus familière :

> Comme dans les bouleaux le formidable chêne,
> Comme la grande pierre au centre d'un cromlech,
> Comme Samson parmi les enfants d'Amalec....

L'image ainsi complétée s'appelle métaphore, et le mouvement par lequel elle tend à se composer est une des fonctions les plus essentielles et les plus

caractéristiques de l'imagination. Toute métaphore
est un couple d'images qui, suivant l'intimité de
l'union des deux termes associés, se ramène à une
comparaison ou à un mythe.

Il faut distinguer entre les métaphores celles qui
sont proprement physiques, c'est-à-dire qui se bor-
nent à joindre ensemble deux images analogues —
« les braises du soir, les forges de l'abîme » —
et celles qui rapprochent une idée morale et un
fait matériel, entre lesquels l'esprit perçoit un rapport de parenté, plus ou moins lointaine. Ces dernières doivent seules nous arrêter ici, car elles sont
au plus haut point caractéristiques d'une méthode
d'esprit, et, en suivant leur évolution, nous sur-
prendrons sur le vif la marche normale de la pensée
du Maître lorsqu'il compose.

Ainsi il y a un intérêt évident à savoir si, chez
V. Hugo, c'est habituellement l'*idée* qui éveille et
entraîne l'image, ou si c'est l'*image* qui commande
l'idée. Les deux cas se trouvent sans doute, mais
avec quelle différence de fréquence, et surtout avec
quelle différence de bonheur!

Les métaphores tirées d'idées philosophiques ou
morales portent toutes un caractère de contrainte
et d'affectation que dissimulent mal les raccourcis
d'expression dont use le poète pour leur donner
une apparence de vie : le « bœuf-peuple », le « porc-
sénat ». La figure ne réussit que si l'idée se trouve
déjà comporter en elle-même une représentation
sensible dont on se borne alors à chercher un nou-

vel et plus frappant exemplaire. « Tout génie est
un promontoire dans l'Infini » : la métaphore est
heureuse parce qu'elle ne fait que traduire aux sens
une expression faisant déjà image : le génie est *en
avance* sur son temps, il *domine* le présent et *anti-
cipe* sur l'avenir. Mais, chaque fois qu'il s'agit d'une
pure conception, sans aucun rapport avec une vision
déterminée, la métaphore garde un caractère de fantaisie arbitraire qui déconcerte : ainsi la comète
est appelée « l'hérésiarque des cieux » parce qu'elle
ne suit pas la loi imposée aux autres astres; ce n'est
ni clair ni satisfaisant.

L'autre espèce de métaphore appartient presque
en propre à V. Hugo, car je ne sais pas de poète qui
l'ait aussi naturellement et aussi constamment employée : elle consiste à faire sortir de l'aspect même
de l'objet considéré l'idée morale qu'aucun mouvement de pensée n'aurait amenée. Cette interversion
de l'ordre logique s'applique même, chez V. Hugo,
à la signification des mots entre lesquels les rapprochements de sens s'opèrent uniquement à cause
de leur ressemblance matérielle : « *Vis et Vir* » lui
apparaît comme l'antithèse fondamentale sur laquelle
reposent les philosophies et les religions; « *Nomen,
numen, lumen* » lui inspire l'admirable théorie des
Contemplations qui établit la parenté du Verbe, de
la divinité et de la lumière. Par là il est conduit au
symbolisme ou plutôt à l'hermétisme, dont le principe est que toute forme, tout phénomène recèle une
idée que la pensée doit découvrir.

La prédominance de ce procédé a contribué à développer chez V. Hugo une prétention croissante au titre et au rôle de « Penseur ». Plus il s'attachait à démêler le sens obscur des apparences naturelles et des formules verbales qui servent à les exprimer, plus il s'apparaissait à lui-même comme un sage ayant pour mission de révéler aux hommes le grand secret.

Les significations les plus étranges, les plus inattendues germent alors, aux yeux de son esprit, dans le champ des couleurs et des formes. Louis Veuillot a cruellement raillé cette déviation de l'imagination qui n'aboutit guère en effet qu'à dénaturer la métaphore et la poésie tout ensemble. Il faut, pour que l'une et l'autre conservent leur santé et leur équilibre, que l'extension et la translation de sens impliquées par la métaphore poétique sortent naturellement de l'impression même. L'association doit se faire spontanément entre l'image et l'idée, et non être le résultat d'un effort pour accommoder l'une à l'autre. La poésie ne consiste ni à matérialiser l'esprit, ni à spiritualiser la matière, mais à percevoir et à rendre l'unité profonde qui les enveloppe.

Ce que nous savons de la loi suivant laquelle V. Hugo sent et imagine, nous permet d'entrevoir dans quelle direction s'orienteront chez lui les translations de sens et s'organiseront les métaphores. Les images se composeront toujours en vue d'une précision et d'une amplification supérieures; toutes les impressions vagues se traduiront en figures

nettes et tranchées, et l'image sortira toujours
grossie, enflée, dramatisée de cette opération :

Mon pouls est dans ma tempe une cloche qui sonne....

Il semble que V. Hugo manque à cette loi en
douant de la vie animale toutes les forces de la
nature dont il veut rendre d'une façon saisissante
les manifestations : ce n'est qu'une apparence ; les
expressions anthropomorphiques prennent en passant dans sa poésie, par l'attribution exceptionnelles
qu'elles reçoivent, une force et une ampleur qui les
transfigurent. Alors même qu'il semble humaniser
la nature, V. Hugo naturalise l'homme. La restric-
tion des images n'est là que superficielle. Elle n'est
qu'une précision qui leur donne une physionomie et
en marque la nuance.

Mais les métaphores se présentent rarement iso-
lées : le plus souvent elles forment des groupes
similaires dont l'accumulation a pour but de mieux
déterminer l'objet représenté. L'ordre qui régit ces
groupements, la liaison qui s'établit entre les parties
associées à l'impression d'ensemble, les lois suivant
lesquelles l'esprit évolue dans cette espèce de construction architectonique, tout cela s'appelle d'un
mot « le style ».

Il y a longtemps qu'on l'a dit, la dernière raison
du style gît dans l'essence même de la personnalité intérieure : toutes les recherches qui précèdent préparent donc l'explication que nous devons

tenter du style de V. Hugo. Mais il y a certains procédés spéciaux qui règlent chez lui l'enchaînement
des images et des idées, et forment, pour ainsi dire,
le mécanisme de sa langue poétique. C'est là que
doit d'abord porter l'analyse.

Les métaphores, ou images composées, s'asso-
cient entre elles de la même façon que les images
simples : la première condition pour que la liaison
s'effectue, c'est qu'il y ait un certain rapport sensible
entre les termes rapprochés. La solennité du soir
ne prend l'apparence de l'office divin que parce que
la lune a la forme d'une « hostie »; sans cela le mont
ne deviendrait pas un « officiant » et les bruyères
violettes ne suffiraient pas à lui faire un « camail ».

Et cette attraction proprement sensorielle, qui
détermine le plus souvent la marche de la pensée
chez V. Hugo, ne se réduit pas au seul cas de la
ressemblance : le contraste la provoque pareillement.
Le « drap mortuaire des nuits » appelle le « blanc
linceul du crépuscule ». La simple contiguïté même
y suffit : au « pâtre promontoire » on cherche un
« chapeau de nuées ». Toutes les métaphores que
suscitent la forêt, la montagne, la mer, se lient à
celles qui font cortège aux êtres errants dans ces
domaines.

Nous touchons là au secret même de la composition, facile à saisir dans la plupart des poésies de
V. Hugo. Un fait matériel a attiré son attention et
évoqué chez lui une image gracieuse ou forte qui,
peu à peu, par l'effort de la réflexion, est devenue

plus consciente, plus lucide, plus transparente,
comme si elle s'imprégnait de pensée. Alors la
métaphore s'est constituée dans sa plénitude et sa
clarté. Pour reprendre un précédent exemple —, en
se promenant, le soir, après avoir lu quelques pages
de la Bible, le poète, toujours attentif à scruter et
interpréter les formes, observe que le croissant ressemble à une faucille. Cette image va devenir le
centre de la composition à laquelle il se résout.
D'abord les étoiles deviendront des épis, et, la
méditation se poursuivant, la majesté sereine du
spectacle amènera son esprit à l'idée d'une pièce
large et pure où se mêleront les deux images, celle
de la moisson terrestre et celle de la moisson céleste.
Le décor biblique s'évoque alors de lui-même : un
souvenir apparaît, celui de Booz qui épousa Ruth
la glaneuse, parce que, l'ayant trouvé un soir en-
dormi sous les étoiles, elle avait pieusement veillé
sur son sommeil. Toutes les images suscitées par
l'ambiance vont d'elles-mêmes se teindre de la même
couleur, et s'empreindre du même caractère de noble
et religieuse simplicité : « Il n'avait pas de fange en
l'eau de son moulin.... Il n'avait pas d'enfer dans le
feu de sa forge.... Sa barbe était d'argent comme un
ruisseau d'avril. »

Ici, aux confins de cette poésie plus descriptive
et décorative que sentimentale, un nouvel élément
de détermination apparaît, qui exerce une influence
profonde sur l'évocation des images dans la composition poétique : c'est l'émotion qui domine dans

l'âme du poète au moment où il compose. Il semble
qu'il y ait quelque chose d'abusif à voir là une
application de la loi d'association : « Le poète est
ému, peut-on dire, cela suffit pour que ses sentiments se traduisent dans son œuvre et en imprègnent toutes les parties ; pas n'est besoin de recourir
à un appareil logique pour expliquer le phénomène.»
Soit, mais il importe de comprendre que l'influence
de l'émotion se traduit *mécaniquement*, par une
corrélation sympathique et automatique, sur l'imagination : la lune devient une tête coupée, l'aurore
une bouche sanglante, la barre du crépuscule une
épée teinte de sang, sans que le poète y songe, par
la simple réaction du « milieu moral » où pénètre
l'image qui s'ébauche. C'est là ce qui règle tous les
« développements » de V. Hugo, dont l'abondance
s'explique par l'extraordinaire fécondité de sa
mémoire imaginative, et la rigueur par l'extrême
puissance de ses émotions mentales qui en systé-
matisent spontanément toutes les parties.

Enfin, il faut noter les mouvements d'images et
les associations de métaphores qu'entraînent les
rapports de mots : l'homonymie et l'allitération en
sont les deux cas les plus simples, et le calembour
la forme la plus puérile. « Il y a deux machines
fatales qui ne vont pas l'une sans l'autre : la planche
des assignats et la planche de la guillotine. » —
« Est-ce que *ironique* ne viendrait pas de l'anglais
iron qui signifie fer ? »

Mais c'est dans le travail de la rime que cette

attraction des mots et des images conjointes s'épanouit à l'aise. Nul ne rima jamais plus heureusement que V. Hugo, j'entends d'une façon plus éclatante, plus imprévue et plus caractéristique. Veuillot lui reproche de « cheviller avec impudence ». Cela veut simplement dire que souvent le poète cherche, indépendamment du sens intelligible de la phrase, à compléter la figure ébauchée au premier vers, par une image auditive qui fasse symétrie, qui développe et accentue l'autre. D'ordinaire, en effet, le souci de l'effet pittoresque domine dans la composition de cet accord à demi musical, à demi imaginatif : nul doute que le « poisson du vieux Tobie » n'ait été amené là par « Fontarabie », ni que le diacre de la *Légende des siècles* ne s'appelle « Pollion » pour se mettre à l'unisson du « primat de Lyon », ni même que le siège de ce prélat n'ait été fixé dans cette ville à cause de l'heureuse sonorité du nom de l'humble diacre.... — Mais combien de fois la rime, chargée de sens, est-elle une véritable définition, une esquisse physionomique et plastique de l'objet auquel elle correspond ! Combien de fois même ne découvre-t-elle pas au Maître un aspect inattendu, un caractère négligé de l'image ou de l'idée qu'il développe ! « Parce qu'il fut un grand artiste de mots, dit M. Brunetière, quelques-uns des rapports les plus cachés du langage et de la pensée se sont quelquefois révélés à V. Hugo. » C'est surtout dans le jeu des rimes — où la fougue créatrice de son génie se tempérait curieusement

par l'intuition des secrètes lois de l'harmonie verbale — que ces révélations lui ont été faites, c'est
là aussi que se traduisent inconsciemment les varia-
tions de sentiments et d'opinions que sa pensée
explicite refuse parfois de s'avouer. Ainsi, à « Bonaparte » premier consul, la rime qui convenait était
« Sparte », patrie des héros; à l'Empereur insa-
tiable qui hasardait presque chaque année sa fortune
et celle de la France sur le terrain de vingt batailles,
c'était le mot « carte », rappelant les dangers du
terrible jeu de la guerre; au grand prisonnier de
Sainte-Hélène, le poète dédaignait de lancer l'injure
et détournait de sa poitrine le « trait du Parthe... ».

L'expression verbale agit encore dans un autre
sens sur la composition des images, par les associations artificielles dont les mots sont les signes
plus ou moins immédiats. Le seul nom de Cambyse
évoque confusément en nous la vision totale de
l'Égypte telle que nos notions d'histoire et d'archéo-
logie d'une part, la couleur propre de notre imagination d'autre part, nous la font concevoir. Ce
sont là des images fictives, si nous n'avons, de nos
yeux, rien vu de ce que les mots nous représentent,
mais ce ne sont pas les moins actives. Elles remplissent la *Légende des siècles*, et l'harmonie spéciale
qu'elles mettent dans la composition des tableaux
esquissés par le poète suffit à faire illusion à qui
veut s'en tenir au décor littéraire de l'histoire.

Dans tous les cas que nous venons de passer en
revue, l'extension de l'image suit la même loi d'ou-

trance. Tantôt elle se manifeste par des énumérations
interminables qui prouvent que l'énergie imaginative
surabonde et ne peut parvenir à se dépenser; tantôt
par des développements où les images de même
signification s'accumulent et se multiplient en même
temps que les mots, comme si l'impression ne se
sentait jamais assez exprimée. Mais le triomphe de
l'outrance est ce procédé de composition à marche
ascendante qu'on ne peut guère mieux formuler que
par l'adage vulgaire : « de plus fort en plus fort! »
Dix pièces de la *Légende des siècles* n'ont d'autre
raison d'être que le désir de conduire un développement progressif au terme marqué d'avance par le
poète; *Suprématie, la Conscience, Aymerillot* sont
composés de la sorte. *Abîme,* la pièce qui termine
le recueil, en est le type le plus achevé, comme pour
indiquer que toute la philosophie du Maître tient dans
cette méthode. On en connaît l'économie. L'homme
se proclame le roi de la nature : « Tu n'es que ma
vermine, lui répond la terre; c'est moi la source de
ton être et de tous les êtres qui s'agitent en moi ».
— « Grain de sable, d'un grain de sable accompagné! interrompt Saturne; moi, dans l'immensité,
je trace un cercle énorme.... » Alors le Soleil :
« Silence, planètes mes vassales! Je suis le pasteur,
vous êtes le bétail. » Puis Sirius, puis Aldébaran,
puis Arcturus, puis la Comète, puis le Septentrion,
puis le Zodiaque, puis la Voie lactée, puis les Nébu-
leuses, défilent tour à tour, renchérissant les unes
sur les autres. L'Infini les met tous d'accord :

« L'Être multiple vit dans mon unité sombre. » Dieu se découvre enfin et dit :

> Je n'aurais qu'à parler et tout serait de l'ombre !

Oui, c'est bien là le symbole qui exprime la marche du génie que nous avons étudié. L'outrance exprimant l'inépuisable énergie du tempérament est son unique loi. Toute sa psychologie tient dans ce mot, toute son esthétique, sa poétique et sa philoso-phie : le sens amplifie le phénomène matériel, l'ima-gination amplifie la donnée sensible, la métaphore amplifie l'image, le style et la rhétorique amplifient les métaphores, jusqu'au moment où un dernier effort amène la détente et l'évanouissement de tous les termes de la gradation.

Il est une dernière fonction de l'imagination qu'il faut rattacher à l'explication générale.

Nous savons que l'image est une sensation qui reparaît avec d'autant plus de vivacité que l'impres-sion reproduite a été plus vive et que le cerveau du sujet possède plus de puissance réactive. Mais la force d'expansion de l'imagination n'est pas définie tout entière dans cette formule : le mouvement qu'elle provoque ne se manifeste pas seulement par la for-mation et le groupement des métaphores ; il déter-mine une impulsion de la pensée et de la parole qui est un des éléments essentiels de la poésie. Le *mouvement poétique* et les différentes formes qu'il affecte, le rythme du vers, de la phrase, de la

période n'est rien moins qu'arbitraire : comme il
est un produit de l'énergie imaginative, il subit
d'abord la plupart des conditions auxquelles l'imagination est soumise, et ensuite certaines lois particulières qu'il suffira d'indiquer.

L'origine du rythme verbal est évidemment dans
la respiration et les battements du cœur. Lorsque
nous parlons, ce rythme est trop complexe et trop
variable pour donner à nos sens une impression
d'harmonie susceptible d'être perçue et goûtée,
comme cela arrive lorsque nous chantons. La réci-
tation poétique, coupée à des intervalles égaux pour
marquer la mesure sans rompre le sens, est inter-
médiaire entre le chant et la parole. L'école classique faisait une plus large part au chant, dans ses
règles où la plénitude régulière des vers et l'égalité
de l'hémistiche forçaient la pensée à se couler dans
un moule immobile. V. Hugo ne supprime pas cet
élément musical de la poésie, mais au lieu de l'accommoder à une règle impersonnelle et invariable, il
s'efforce de l'approprier au mouvement particulier
de la pensée et de l'image qu'il s'agit de traduire.
Il fait « basculer la balance hémistiche », et le vers
qui, sur son front,

> Jadis portait toujours douze plumes en rond,
> Et sans cesse sautait sur la double raquette
> Qu'on nomme prosodie et qu'on nomme étiquette,
> Rompt désormais la règle et trompe le ciseau,
> Et s'échappe, volant qui se change en oiseau,
> De la cage-césure, et fuit vers la ravine,
> Et vole dans les cieux, alouette divine.

Deux raisons, spéciales à sa méthode, devaient le conduire fatalement à rétablir la liberté du rythme, ou plutôt son intime union avec le mouvement intérieur de la phrase poétique. La première était la prévalence qu'il accordait à la rime dans l'harmonie du vers, ce qui lui permettait d'accommoder tout le reste aux exigences de la pensée; la seconde était l'exceptionnelle puissance motrice de ses images, qui ne pouvait souffrir aucune entrave à sa totale et adéquate expression. Et la remarque est vraie pour la strophe comme pour le vers : il en garde la structure matérielle, mais il en assouplit les ressorts, il la plie au sens et à l'impression qu'il veut rendre.

Le détail de la prosodie de V. Hugo et l'analyse des formes principales de sa versification a été souvent décrit : on peut dire qu'il forme la matière principale du livre de M. Becq de Fouquières, si savant et si complet. Il suffira d'indiquer ici que les deux grandes lois de l'imagination de V. Hugo, le contraste et l'outrance, se répercutent dans deux systèmes opposés de mouvements, le choc équilibré, la formule antithétique, — et le développement progressif par accumulation. Dans le vers, dans la strophe, dans la période, le rythme reste essentiellement expressif et imitatif, tranquille et majestueux quand l'image est harmonieuse, comme dans *Ruth et Booz*, heurté et saccadé quand l'image est brusque et tronquée, comme dans *Puissance égale Bonté*, ce qui ne doit pas nous surprendre puisque c'est l'imagination qui le crée, l'enfle et le conduit.

Là s'achève l'admirable unité du génie dont nous venons d'étudier toutes les faces. A ne considérer que l'œuvre, l'explication est facile : la raison de cette unité est l'imagination du poète, et, partant de ce principe, nous avons pu démêler et relier tous les rouages de sa puissante organisation mentale.

On objectera, il est vrai, que le dernier mot de l'esprit non plus que de la nature n'est le mécanisme ; que nous n'avons, dans toute cette anatomie, saisi que la forme extérieure des choses, disséqué la feuille, l'écorce et le bois, décrit les branches, le tronc et les racines, sans atteindre la vie interne qui fait monter la sève et craquer l'enveloppe sous l'effort de la tension organisatrice. Qui songe à le nier? mais l'excuse de l'analyse, c'est qu'elle seule fournit les éléments d'une divination, là où l'appréhension directe est impossible. Quoi que nous fassions, nous ne surprenons jamais les substances ni les forces, mais seulement des phénomènes et des lois : C'est assez pour la critique; dans l'intuition du génie, le génie seul peut aller au delà.

CONCLUSION

VICTOR HUGO ET SON SIÈCLE

V. Hugo représente la plus puissante organisation imaginative qui se soit jamais manifestée dans
la poésie française et peut-être dans la poésie universelle : a-t-il été le créateur, le penseur, le Maître
qu'il s'est cru et qu'on a cru ?

Créateur, il l'a été autant qu'un poète peut l'être,
et dans le domaine où se meut la création poétique.
Il a créé sinon des sensations, des émotions, des
perceptions, au moins des expressions qui rendaient
pour la première fois accessibles des états d'âme
restés jusqu'à lui hors de la conscience claire et de
l'art. Il a saisi et rendu des impressions d'au-delà,
des appréhensions de mystère et de néant qui semblaient devoir échapper à jamais au formulaire un
peu grossier de la parole. Il a mis au jour tant
d'images et de métaphores, de rimes et de rythmes

qu'un disciple fidèle a pu lui dire, sans trop de
ridicule, à l'annonce d'un nouvel ouvrage :

> Une nature encor dans votre tête est née,
> Et le printemps aura son jumeau, cette année :
> Ici-bas et là-haut vous serez deux Seigneurs....

Enfin il a inventé un style et une rhétorique dont
les procédés ne nous paraissent monotones que parce
qu'ils reflètent toujours et uniquement sa saillante
originalité.

Mais s'il est le plus spontané, le plus personnel des
poètes, peut-on le tenir pour un penseur de même
envergure ? La question est ambiguë : veut-on dire
que V. Hugo laissera moins de traces dans la pensée
humaine qu'Aristote ou Leibniz, Hegel ou Darwin ?
que sa conception du monde ne saurait balancer
celles de Platon, de Spinoza, de Kant en qui il
aime à voir des gloires fraternelles ? Alors on a trop
évidemment raison, et nul critique sérieux ne peut
se complaire à une telle démonstration.

Prétend-on, au contraire, insinuer, comme Louis
Veuillot, que sa poésie se réduit à des « images dan-
sant autour de rien », que « ce moulin à paroles n'a
jamais laissé tomber un mot qui eût quelque poids » ?
Halte là! Il est peu d'hommes qui aient jeté autant
d'idées dans la circulation universelle que V. Hugo,
peu qui aient appelé à l'honneur de la forme et de la
vie autant de rapports abstraits peut-être aperçus,
jamais exprimés avant lui. Des exemples? On en
pourrait citer d'innombrables. Deux indications

générales suffiront à en donner l'idée. V. Hugo a
deviné et senti, plutôt en curieux qu'en savant
de profession, la relation intime qui unit le mot et
la pensée; il l'a formulée d'une façon si profonde
et si saisissante, il l'a mise en œuvre avec tant de
souplesse et de bonheur que la philologie contem-
poraine se complaît à en chercher la théorie en son
œuvre d'artiste. En outre, les obscures « correspondances » que recèle le monde, le caractère
extérieur par où les choses trahissent leur nature
intime, n'ont jamais trouvé de plus subtil, de plus
pénétrant interprète. Il a vraiment été l'Hermès du
Verbe et le Mage de la Nature.

Cela, nul ne le nie; mais on attribue volontiers
aux associations de mots et aux combinaisons de
sens qu'elles entraînent, la découverte accidentelle
de certains rapports imprévus, dont l'expression est
devenue une « pensée » dans la plus haute acception
du terme. L'explication ne serait pas juste si l'on rap-
portait tout le mérite des théories, ainsi entrevues,
au hasard de la trouvaille. Ce qui a le plus servi le
poète, ce qui lui a permis d'entrer plus avant que son
maître Chateaubriand et que son émule Lamartine,
dans l'essence mystérieuse des choses, c'est l'observation intense de la nature visible, et l'incessante
méditation sur les images qu'elle lui apportait.

L'observation éclairée par la puissance d'analyse
d'un œil grossissant qui donne de la valeur à chaque
détail, du relief à chaque trait; la méditation qui
suscite toutes les images antérieures, y cherche des

analogies, et en fait sortir des significations implicites : voilà le secret de cette poésie si extérieure
et si profonde tout ensemble, qui ne semble évoquer
la réalité matérielle que pour y faire transparaître
l'ordre idéal dont elle est le symbole.

L'influence de V. Hugo a été prodigieuse : il a
commencé par offrir au romantisme une formule, puis
il lui a imposé une direction, et de tant d'inspirations
diverses, de tant de talent épars, il a fait son école.
Alors il a vraiment incarné l'esprit français, plus
vraiment que Voltaire au siècle précédent, car il avait
renouvelé l'imagination et la langue, et forcé toute
une génération à modeler son cerveau sur le sien.

On a dit qu'il était toujours resté l'« homme de
1830 », et cela est vrai à beaucoup d'égards : par
l'outrance, le verbalisme, la grandiosité, l'amour des
formes extérieures, du décor et des effets de théâtre,
il est demeuré pour nous le représentant et le type de
la génération qui vit fleurir Delacroix et Devéria.
Mais son génie ne s'est point emprisonné dans la formule qu'il donnait à son temps : ainsi Dante exprime
le moyen âge florentin, et Shakespeare la Renaissance
anglaise, sans qu'on puisse dire que leur personnalité
se limite à la période qu'ils ont dominée et remplie.

Ce qui est vrai, c'est qu'à partir de *Notre-Dame de
Paris*, le poète a cessé d'être en parfaite harmonie
avec l'esprit et le goût publics. La cause en est facile
à comprendre : le romantisme, qui était pour lui
l'expression directe et normale de son tempérament
d'artiste, n'était pour les autres qu'une mode passa-

gère. Il n'eut qu'à demeurer ce qu'il était pour se trouver bientôt seul, dans le mouvement incessant qui emporte les opinions des foules. V. Hugo restait l'homme de 1830 parce que 1830 avait été l'époque de V. Hugo.

Dès 1840, les symptômes de désaffection se faisaient partout sentir : la *Lucrèce* de Ponsard était acclamée pendant que *les Burgraves* tombaient sous les sifflets du parterre. Le poète songea un moment à renoncer aux lettres.

Le Deux-Décembre le sauva du découragement et de l'abandon : il y trouva un renouveau de gloire sur lequel il n'avait pas à compter. C'est l'exil et l'éloignement qui le maintinrent en faveur auprès d'une génération que toutes ses habitudes et ses goûts devaient détourner de lui. Ses œuvres, annoncées avec fracas et attendues avec une passion où se mêlaient bien des éléments étrangers à la poésie, semblaient sortir, sinon « de la tombe », comme il le disait, au moins de ces lointains pays auxquels on ne demande pas d'être à l'unisson avec le nôtre. Ainsi lisons-nous aujourd'hui Ibsen et Tolstoï, sans nous inquiéter de savoir s'ils nous ressemblent.

Car, bien que les îles normandes soient toutes voisines de la France, le poète était parvenu, à force d'imagination et de génie, à en faire une contrée fantastique, apocalyptique, d'où l'on ne s'étonnait plus d'entendre sortir sa voix de prophète et de mage. À cet égard, le choix de Guernesey pour sa résidence fut heureux : Jersey est trop connue, trop jolie, trop

gracieuse pour qu'on pût s'émouvoir des descriptions
dans lesquelles il dramatisait son exil :

> Es-tu mort? — Presque. J'habite l'ombre,
> Je suis sur un rocher qu'environne l'eau sombre,
> Ecueil rongé des flots, de ténèbres chargé,
> Où s'assied, ruisselant, le blème naufragé.

On le voyait, comme certaines vignettes le repré-
sentaient, accoudé sur un rocher, assailli par les
vagues, les cheveux emportés par le vent, criant ses
vers dans la tempête. Et il paraissait tout naturel,
habitant ce mystère, qu'il parlât une autre langue
que celle qu'on entendait parler autour de soi et que
les Augier, les Dumas, les Sardou faisaient applaudir
chaque jour sur les théâtres où l'on n'osait plus ramener *Ruy Blas* ni *Marie Tudor*. On n'eût pas sup-
porté *l'Homme qui rit* ni les *Travailleurs de la mer*
s'ils n'eussent apporté un écho de la grande voix
qu'on acceptait démesurée, venant de là-bas.

Rentré en France, V. Hugo sentit ce désaccord,
malgré les protestations idolâtriques dont on l'en-
tourait : *l'Ane, la Pitié suprême* furent reçus avec la
vénération due à un grand poète dont la carrière
était depuis longtemps achevée; il n'avait cessé
d'être à demi étranger que pour devenir à demi
ancien. On parlait de lui comme de Dante et de
Shakespeare, presque d'Homère. On souriait discrète-
ment de ses fantaisies colossales, de ses chocs de
mots retentissants, de ses prétentions de prophète et
de conducteur d'hommes, et on le laissait dire, l'ana-
chronisme étant de peu d'importance.

Il y avait si longtemps qu'il ne conduisait plus le chœur des esprits, même des esprits amoureux de poésie! Alors même que paraissaient les chefs-d'œuvre datés de Guernesey, une école se formait, composée de ses admirateurs et de ses disciples, qui affectait de vouloir continuer la tradition du lyrisme dont il restait le suprême pontife : mais que ces descendants illusoires étaient déjà loin de lui, et que la froide source du Permesse ressemblait peu au flot ardent et amer de l'Océan!

Après les fils oublieux vinrent les fils révoltés, les naturalistes, les symbolistes, les décadents, débutant tous par insulter le Père vieilli, relégué dans une inutile chapelle. Tous ingrats, car tous procèdent de lui : les parnassiens lui doivent la révélation de la valeur plastique des mots; les naturalistes, le sens de la vie et le goût d'en décrire toutes les manifestations; les symbolistes et les décadents, l'intuition des correspondances sensibles et de la musique verbale.

Tous peuvent s'incliner devant sa tombe, et renouveler l'hommage que Sainte-Beuve adressait aux mânes de Chateaubriand : « O Olympio, nous sommes vos fils! Vos idées, vos passions, vos rêves ne sont plus les nôtres, mais c'est vous qui nous avez montré la route où nous avons marché, et nous sommes partis de vos traces! Soyez donc à jamais béni par la postérité infidèle à laquelle votre génie a *ouvert les portes de l'aurore.* »

FIN

TABLE DES MATIÈRES

Coulommiers. — Imp. PAUL BRODARD.